# 品读汝湖

惠州市住房和城乡建设局
惠城区汝湖镇人民政府
编

南方日报出版社
NANFANG DAILY PRESS
中国·广州

图书在版编目（CIP）数据

品读汝湖 / 惠州市住房和城乡建设局，惠城区汝湖镇人民政府编 . -- 广州 : 南方日报出版社，2024. 8.
ISBN 978-7-5491-2885-3

Ⅰ. I217.1

中国国家版本馆 CIP 数据核字第 2024LL2369 号

PINDU RUHU
**品读汝湖**

编　　者：惠州市住房和城乡建设局
　　　　　惠城区汝湖镇人民政府
出版发行：南方日报出版社
地　　址：广州市广州大道中 289 号
出 版 人：周山丹
责任编辑：方　明　黄子旸
责任校对：阮昌汉　朱晓娟
责任技编：王　兰
装帧设计：尚册文化
经　　销：全国新华书店
印　　刷：广州市尚铭印刷股份有限公司
成品尺寸：170 mm×240mm
印　　张：14.5
字　　数：220 千字
版　　次：2024 年 8 月第 1 版
印　　次：2024 年 8 月第 1 次印刷
定　　价：56.00 元

投稿热线：（020）87360640　读者热线：（020）87363865

## 《品读汝湖》编 委 会

# 序言

## 文学助推乡村振兴的有益探索

江湖海

紧跟惠州奋进的脚步，带着对美好生活的热望，大美汝湖，足音铿锵，在肥田沃土上有力地书写着新时代乡村振兴的生动故事与不朽传奇。惠州市作协因势而为，组织采写、编辑了文学作品集《品读汝湖》，以散文、诗歌、报告文学三种体裁，真实地呈现了汝湖镇的自然美景与人文风貌，形象地展现了汝湖镇近年来经济社会发展的坚实步伐与丰硕成果，在文学助推乡村振兴的实践中，迈开可喜一步，作出有益探索，由此积累了值得推广的做法与经验。

汝湖镇位于惠州市惠城区东北部，东接横沥，南邻水口，西接小金，北邻泰美，面积约 157 平方公里，常住人口约 6 万。这里是七女湖起义的策源地，又素有“东江商埠”之美誉，汝湖渔歌、舞稻草龙、真君宫巡游等民俗被列入市级非物质文化遗产名录。近年来，汝湖镇抓项目、扩投资，经济发展实现新跨越；强基础、兴产业，乡村振兴呈现新亮点；抓治理、优环境，生态人居展现新形象；办实事、求实效，民生福祉达到新水平；防风险、保稳定，社会治理谱写新篇章；转作风、提效能，自身建设迈出新步伐。全镇上下踔厉奋发、主动作为，所斩获的佳绩成为文学创作的富矿，更是惠州市作家采写本土乡村题材的一个源泉。

特别值得一提的是，惠州市乡村振兴驻汝湖工作队，由市住建局牵头，

2021 年 7 月进驻汝湖镇，实施沉浸式帮扶，帮镇扶村，统筹兼顾，推动全镇三产深度融合，引入国内知名企业扶持汝湖龙头企业，切实助力汝湖主导产业全产业链平台的搭建、汝湖甜玉米等特色产业的发展、汝湖文化旅游品质的提升、汝湖人才高地如镇级“博士驿站”的打造、汝湖人居环境的进一步整治与改善等，党建聚力“四促四融”激活乡村振兴动力引擎更是成为广东省典型案例。工作队结对 33 个党支部，建设民生项目 10 多项，办理民生实事 40 多件，“党建引领 + 精准帮扶 + 产业融合 + 联农带农”的乡村振兴驻镇帮扶汝湖模式，使汝湖在振兴之路上的步伐沉稳而坚实，镇村面貌不断改观，为惠州作家、诗人的采风与创作提供了丰富而生动的素材。

《品读汝湖》正是文学助推乡村振兴的一项成果。一年多时间里，惠州市部分作家数次深入汝湖镇采风与调研，捕捉汝湖方方面面的纷呈亮色，用汗水和心血凝结出这部具备较高人文品质与艺术价值的作品集。全书约 20 万字，收录散文 20 篇，报告文学 9 篇，诗歌 21 首（组），作品笔触优美，意境清新，言之有物，格调高雅，涉猎汝湖的古风、水韵、山色、美湖、秀江、丽湾、靓滩、渔歌、甜玉米、稻草龙、创新团队、弄潮个体等各种历史与现实题材，值得一读。

就文学而言，乡土是一种情感，更是一个历久不衰的创作母题。对乡土的热爱与眷恋，对乡土的敬畏与讴歌，可以产生许多富于生命与灵魂的作品，《品读汝湖》收集的作品，就是明证。一个多姿多彩的汝湖，一个活力四射的汝湖，一个有血有肉的汝湖，一个奋发有为的汝湖，就这样立体地跃然纸上。

当你翻开《品读汝湖》，你会被作家们的笔触带入一个迷人的世界。你会看到山峦起伏、绿树成荫，清澈的东江穿镇而过，宛如一条生命之脉；白鹭湖碧波荡漾，热爱生活的人们临水而居，温馨惬意；源茵生态园生机盎然，动物植物各安其所，人们喜气洋洋；创业者生龙活虎，展现出蓬勃的朝气与活力……你会感受到汝湖镇那份宁静与勃发交融的力量，欣赏到人与自然和谐共处的美好画卷。动听且耐品的汝湖故事，平凡又温暖的汝湖人，令人动容。

《品读汝湖》不仅是一部文学著作，更是一次心灵的旅程。它带领我们走进汝湖镇的大街小巷，走进村庄的田野和农舍，感受乡村振兴的脉搏跳动。书中的作品更是凝聚了作家们对乡村大地的深情厚意与对乡村振兴的热切期盼。当我们走进新时代，乡村振兴成为一个重要命题，《品读汝湖》期盼激起的，正是对振兴乡村的热情、希望和动力。作家们通过笔下的文字，不仅表达了对汝湖的礼赞，更对乡村振兴作出了探索和思考，传递了一种关于乡村振兴的新思维，探索了一条关于乡村振兴的新路径。所以，这也是一道难得的精神食粮。

新时代需要我们有更新思路、更高站位、更广视角。在惠州市乡村振兴的实践中，文学艺术发挥了扶志、扶智的独特作用。《品读汝湖》在此种意义上，更加彰显出眼界与高度。汝湖镇委、镇政府鼎力支持，主动选点，多次协调，有力地促成作品结集，且篇幅可观，质量可靠。

目前，努力把惠州建设成为粤港澳大湾区高质量发展重要地区和名副其实的国内一流城市，成为全市上下的共识，惠州实施乡村振兴战略，更是如火如荼。这些，为惠州市作家搭建了施展才华的舞台，提供了创作文艺精品的契机。作为作家，与时代同行，与人民共进，以文学助推乡村振兴，是义不容辞的责任和使命。我们相信，更多的乡村将出现在惠州市作家的笔端，更多无愧于时代的文学精品，将由惠州市作家写出。

衷心希望《品读汝湖》能够带给你愉快的阅读体验，让你对文学助推乡村振兴有更深入的认识和思考。让我们一起品读汝湖，感受汝湖，理解汝湖，热爱汝湖。

是为序。

2024 年 5 月

（作者系中国作协会员、中国大湾区诗汇副主席、惠州市作协副主席）

# 目录





## 散文 篇

## 报告文学　篇

# 诗歌　篇

# 散文篇

# 汝湖古色

曾　平

## 一

七仙女的传说，在岁月的语境里，被一圈一圈放大、羽化，美丽了千年。

壬寅初秋，沿着稻草火龙和疍家渔歌的方向，一行文友走入汝湖。东江之滨的万缕热风，吹软了我们每一双耳朵，洗耳恭听，一阕关于汝湖前世今生的华丽颂词，在八月的阳光下徐徐翻开。

## 二

溯江直上，来到传说由七仙女飘落下来的裾裙化成的上围村和下围村，极目所至，仙气飘飘，紫霞满天。故事格外令人陶醉，以至所有人都相信，仙女们裙布上的五色丝线，已编染出锦绣田园阡陌埂垄间的七彩稼穑；仙女们散发出来的袭人芬芳，正氤氲着乡间村舍的花红柳绿、白墙黛瓦。

吴黄山上，七仙女依然在面对百里青峰端着茶杯品茗吗？一定是千载一贯的神定气和，手拈兰花而悠然自得。石窝村和葛岭村旁，天将王灵官站立成最巍峨的山峦，手执钢鞭圆睁双眼，驱除鬼怪妖魔，护佑四围百姓，让一方水土四季无恙。

七仙女化作的七女湖，碧波荡漾得让人心旷神怡。白鹭湖、洋朗湖，将仙境和人间自然衔接，过渡完美得天衣无缝，一切并未隔世。昔日的穷乡僻壤，历经凿山劈岭开路架桥，拓展成宜居之地，成为现代惠州人的向往。风光旖旎的青山绿水间，白鹭似仙女在翩翩起舞，一只，又一只；一群，又一群；一行，又一行……

## 三

漫步江岸，汝湖渔歌，正顺着东江踏浪而来，疍家女迎风而立击水而唱，那委婉行腔，随风轻轻荡开，穿云破雾，回荡在层叠的远山。千百年来，渔歌伴随着渔民在风雨中漂泊穿梭，桨橹声如诉如泣，带着泪水，带着悲伤，倾诉着千年苦难，将水中那枚蓝月亮摇扁，嚼碎。

那些渔民祖祖辈辈不能上岸，上无片瓦，下无寸土，伴随他们终生的，只有那条渔船和满江悲寂，每一个晨昏都充满艰辛，含泪苦度。也许，只有在江上吼上几嗓，才能发泄他们心中的痛楚和酸涩。谣曲在黑风恶浪外声声颤响，一咏三叹，似杜鹃啼血。

他们嬉笑怒骂，皆由歌出，昔日悲叹：“有女唔好嫁疍家，嫁到疍家真系差。三更半夜正好睡，又来开网打鱼虾。”如今欢歌：“千恩万谢共产党，领导渔民大翻身。住上高楼又大厦，一家大小笑嘻哈。”

每一句歌词，均连接着地气，不见风花雪月，却都饱经风霜。

## 四

稻草龙平时隐匿散落在旷阔的田野，隐姓埋名，作无序逸致状。每年的大年初一到元宵节，它便骤然忙得不可开交。瘟疫时节，亦偶尔出没，翻飞腾挪，助民除害。

在江畔清晨“请龙”的那一刻，它睁开吉祥的眼睛，图腾开始激活，在高亢齐鸣的锣鼓鞭炮声中飘然“舞龙”。它穿街过巷，让千家万户的香火插满全身，点燃庄户人的每一个梦想，祈祷风调雨顺五谷丰登。直至夜色降临，满天星斗，被村民“送龙”回归龙潭，最后化作灰烬撒入江河，并将村庄的一切晦气和霉运随水带走，完成使命。

年复一年，稻草龙一直在忠实地履行着自己的职责，为这片土地的子民，或祈福、或降瑞、或驱灾，乐此不疲。

一代又一代的舞龙人，在香火里成长，在砥砺中前行，他们对稻草龙是如此的热爱，他们既是庄户人的后代，也是龙的传人。

## 五

糖蜜谷见证了汝湖人的劳动和智慧，他们的劳作，曾经酿造过无数甜蜜的晨昏冬夏。那炼糖的大烟囱如今虽然不再冒烟，炼糖的民工已化作雕像成为永恒，但在乡村的另一头，甜玉米正排着长队，爬上高高的履带，还原成每一个颗粒，后被装箱登车远行，带着汝湖的特有醇香，奔向每一座城市，走进每一个超市。从田野到城市，度量着最有价值的距离。

瀛图真君宫石戏台，静静地端坐在岁月深处，沉默寡言。数百年间唱累了跳乏了，真需要休养生息。夜夜笙歌、锣鼓喧天的好时光似乎一去不复返，琴韵和箫声都被打包浓缩为一方小小的屏幕，让人执于手掌。但仍图人并不打算告别石戏台，只是精心地将舞台用铁丝围起，折叠起每一节锣鼓声，暂且寄存在岁月深处。仍图人认为，也许有朝一日，戏台打个呵欠伸个懒腰，又将苏醒复活。

汝湖人对感恩的理解，比任何人都深刻、透彻，每一份爱都不是无缘无故产生的。为百姓治愈疾病的民间名医，村人坚信他就是“药王”孙思邈的化身，所有的感激难以言表，于是将万千的爱凝固成了那尊“医灵大帝”塑像。当年迁徙落居之初开挖的百年水井，镌刻上“饮水思源”，世代铭记心扉，感恩戴德。村庄里满墙的大学生录取通知书，在诠释着“懂得感恩，方能致远。行走千里，也当思来时的路”的朴素道理。

## 六

大明的月亮，一直高挂在仁英围的天空。

厚实的城墙，写满陈年往事；那相对的两座角楼，昼夜不息地眺望远方，任凭房顶瓦缝间的杂草疯长，直到地老天荒；赤红色的砖土门楼，历经千年沧桑风雨不倒；已经磨去大半的城墙，磨掉的是过往，屹立的是沧桑；那半截城墙，苔藓斑驳，犹如残缺的一页线装书；祠堂内那一块块年代久远的功名牌匾，见证着仁英围的人杰地灵和英才辈出。

一痕清月，照进漠漠岚烟；一夜箫声，牵出漫漫黄沙。

枯荣和盛衰，都被一一领略。历史，就此定格。

我触摸着砂砾粗糙的围墙，依然能感受到当年的战云压城，厉兵秣马。如今的古巷尽头，鸡鸣和犬吠都已远去，草色枯黄，家园空落。

即使往事如烟消散，即使繁花随风落尽，静穆的一切，仍然不容忽视。

## 七

沙洲尾村东江老渡口，谨慎行走，怕一不小心，踩碎了千载江声。斜阳暮色，一片苍茫，谁在唱离歌？

千百年来，无论寒霜盖路或狂风遮天，也不论寒来暑往或北雁南归，渡头均于千片朝晖和万朵晚霞中，送走每一个夕阳，又迎来每一轮旭日。渡口有快意的呼唤，也有无奈的叹息。会迎来回归的亲人，也会送走远行的游子。迎来的，有惊喜的春燕；送走的，有断线的风筝。或成靠岸港湾，或为忘川之水？一切，都似前世注定。

老渡口总为情所困，母亲的叹息和恋人的叮嘱，不时牵扯着游子的衣角，让人进退两难，欲行又止。在冷月和寒星间，欢笑和泪水，总是参差交集，此起彼伏。在乡愁的信笺上，总让人难以落笔。

傍晚的河岸，晴空高远。江风习习，花香袅袅。一群摸田螺的孩童，纯真稚嫩的笑声，飘洒在大江的清浪碧波间，岁月是如此静好，充满幸福，一切都那么爽畅迷人，那么醉人心扉。

如今的老渡口，在岁月的拐弯处，晃了几晃又挺直了身子。不见了来往的白帆，出江的小船已轻抛江岸，代之以百吨机帆船飞驰而来，高鸣的汽笛横贯时空，让千年的艄公号子黯然失色。“沉舟侧畔千帆过”，辽阔的东江河上，重现气势豪迈的百舸争流图。

七女湖起义的枪声，仍然回荡在高空，余音不绝。蓦然回首，在岁月的长河里，历经沧桑的汝湖仍然眉目清秀，古老的大地刷新在年轻的清晨，勤劳智慧的汝湖人，在新时代里正致力于振兴乡村，耕耘在“七仙汝湖·诗画田园”，迎着灿烂的霞光，挥写明天的辉煌。

# 汝湖水韵

阿　社

汝湖注定与水有缘。就名字看，字形、字义都与水有关。汝湖旧时叫“七女湖”，传说玉皇大帝的七个女儿，下凡来到东江之畔，看到这里山清水秀，景色迷人，便沉浸其中，流连忘返。玉皇大帝知道后，派天将捉拿，七仙女打不过天兵天将，又不愿意回天庭受罚，于是便化作七个湖塘，这就是“七女湖”的来历。“七女湖”名字的由来，还有另一个版本，传说在明末清初，博罗韩日缵后人投奔南明将领张家玉，反清复明。博罗被清兵攻陷后，韩家七名女眷退至此处，为不被清兵捕获受辱，遂一起投湖自尽，故后人把这里叫作“七女湖”。无论是七仙女热爱自由、追求人间美好生活的传说，还是韩家女杰保家卫国、英勇抗敌的故事，都寄托着当地老百姓对自由、幸福生活的向往。

至于“七女湖”为何又成为今日之“汝湖”，则与发生于 1907 年的七女湖起义有关。七女湖起义又称“丁未惠州七女湖之役”，是孙中山为推翻清朝发动的 10 次武装起义之一，也是孙中山继 1900 年“庚子惠州之役”之后在惠州发起的第二次起义。这次起义不仅有效地撼动了清廷的统治，更推动了资产阶级革命运动向前发展，使惠州成为辛亥革命的策源地之一。

七女湖起义虽然在清军的围攻下很快失败了，但是这次起义在当时产生了极大的影响，引起了上海《时报》《神州日报》以及香港《中国日报》等报纸的关注和专门报道。这让时任两广总督的张人骏气急败坏，在重压之下，不知是有意为之，还是字迹潦草，张人骏在奏报中将“七女”两字合并写成

“汝”字。在清王朝最后几年的官方文案中，“七女湖”就此成了“汝湖”。自此之后，“七女湖”和“汝湖”两个名字并存使用了将近半个世纪，直至1950 年 3 月，才正式确定“汝湖”这个名字，并一直沿用至今。

汝湖与水有缘，不仅因为它的名字，更因它得天独厚的地理环境。前面所说的七仙女化成七个湖，而这七个湖彼此有远有近，相近的湖慢慢地就融汇在一起，形成了现在的白鹭湖、洋朗湖、庙滩水库和大岭头水库四个大湖。除了有湖，汝湖还有江，这条江便是惠州的母亲河——东江。古时东江流域经贸发达，往来客商络绎不绝，商贸交易催生出不少码头与圩市，因此汝湖也就有了“东江商埠”之美誉。靠江吃江，除了经贸上的发展，奔流不息的东江更是赋予汝湖人勤劳勇敢、坚韧不拔的精神力量。见证了七女湖起义的汝湖上庙，始建于宋朝，距今已有 800 多年的历史。在中国近代史上有着重要意义的七女湖起义，为什么会发生在汝湖？毫无疑问，这是当时各种条件、诸多因素相结合的结果，但是，汝湖人英勇顽强、不怕牺牲的革命精神，汝湖重要的地理位置、可攻可退的水陆交通，也是其中的重要原因。

作为东江上的明珠，汝湖走过了千年风雨沧桑。东江带给汝湖的不仅是便利的水路交通，也给汝湖留下了丰富的人文精神。穿越千年的东江民俗在这里从未消散，汝湖渔歌、汝湖舞草龙、东江龙形拳等一批省级、市级非物质文化遗产在这里历久弥新，传统文化与文旅融合促进了乡村振兴，成为当今汝湖的一大文化亮点。汝湖渔歌早在清代中期就已开始传唱，民国时期至20 世纪 60 年代盛行于汝湖一带，汝湖疍民无论男女，大多会唱渔歌。汝湖渔歌产生并发展于气候温和、风光旖旎的东江中游，不同于沿海渔歌的刚烈和拉网号子的高亢，汝湖渔歌用一种从容、委婉的小调，记录了他们 200 多年的生产生活历史。汝湖渔歌是惠州方言中唯一的淡水民歌，它填补了惠州方言渔歌史的空白。这一首首汝湖渔歌，也成了东江内河渔民的集体记忆。

在汝湖镇上、下围村，至今还保留着春节舞稻草龙的习俗。这种保护与传承，在市区等大部分地方不再舞草龙的当下，显得尤其难能可贵。汝湖舞草龙有祈愿风调雨顺、吉祥安康之意，共有“请龙”“舞龙”“送龙”三个环节。其中的“请龙”仪式，村民们须舞着草龙，敲锣打鼓去东江边，让龙头轻轻点一下水，俗称“抢青”，然后放鞭炮，才算礼成；“舞龙”表演是重头戏；舞完草龙后要“送龙”，队长领着舞龙队，敲锣打鼓再次来到江边，火化草龙，寓意带走晦气，留下好运。

原来，汝湖人与水有缘，缘于依水而生，缘于对水的敬畏与热爱。水是生命之源，从远古时代，人类就明白逐水而居的生存之道。然而，任何资源都不是取之不竭、用之不尽的，水资源的利用与保护更是我们当前的重要任务。

汝湖镇拥有长达 38 公里的东江江岸线，拥有角洞水库、庙滩水库、流连陂水库等大小水库共 10 座。正因为江水、湖水温柔地滋养着这片土地，汝湖镇拥有耕地面积 3.2 万亩、山林面积近 8 万亩，拥有全区最长最美的绿道 25 公里。所谓一曲江水滋润一方土地、一方土地养育一城子民，今天的汝湖镇依托独特的山水资源和厚重的历史人文底蕴，积极拓宽现代农业和乡村旅游融合发展之路，特别是将传统的资源优势转化为乡村振兴发展新优势，正是老百姓所期盼与向往的。

如同七仙女对此地的眷恋，水是上天对汝湖的恩赐。水因人而清，汝湖也必定因水而兴。

# 汝湖渔歌

罗春彦

头梳妈祖髻，手拿大葵扇，见惯大场面、90 岁的刘阿婆，面对着电视台的摄像镜头，轻松自然地唱起汝湖渔歌。

汝湖渔歌是东江疍民以惠州方言演唱的淡水渔歌，是惠州方言中唯一淡水民歌，历史悠久，在东江一带传唱。汝湖的疍民常常与江对岸的水口、横沥等地疍民对歌。

一首渔歌就是一段珍贵的生活记录，疍民的先祖们在江上劳作时，男女老少吟唱汝湖渔歌，触景生情，常常即兴创作歌词，把日常劳作、所见所闻用渔歌形式唱出来，把与人相处、追求爱情的故事唱出来，把看过的景、走过的路也融进歌中。

刘阿婆没专门学过汝湖渔歌，小时候只是听别人唱，很快就学会了。她没有读过书，不认识字更不会写字。有一次去农村信用社取钱，工作人员让她签名，刘阿婆唱道："出生出到不合时，不曾摸过那书皮，爷姐贫穷没书读，弟妹又多阿奶又盲。"这个山歌式的回答让信用社工作人员感到很新奇，当刘阿婆打完指模拿到钱后，工作人员让她多唱几首。刘阿婆边走边唱："歌仔有，这个时候不得闲，下次有闲再来唱，与你唱到日归山。"

刘阿婆出生在惠城区横沥镇一个疍民家庭，她母亲双目失明，她早早就成了父亲下河打鱼的帮手。每当父亲生病无法下河捕鱼，家里就没了收入，一家人只能饿肚子，"我只好带着弟弟妹妹去讨饭"。

"山歌唱来闹洋洋，渔民生活好凄凉，江河讨吃河边住，水面漂流没定期。”汝湖渔歌唱出疍家人一生在风雨中漂泊的无奈和凄凉。

疍民常年漂泊在江海上，又被称为江海上的“吉卜赛人”，以居住环境划分，疍民主要有两种：濒海的称为“咸水疍”，内河的称为“淡水疍”。

按照吴永章先生《疍民历史文化与资料》的观点：岭南疍先民，源于新石器时代贝丘遗址的贝丘民，是汉代“断发文身”越人的一支，汉晋唐时期又称“采珠民”与“鲛人”，曾被写为“蜒”或“蜑”。

对疍民的记载最早见于《隋书·南蛮传》：“南蛮杂类，与华人错居，曰蜑，曰獽，曰俚，曰獠，曰㐌，俱无君长，随山洞而居，古先所谓百越是也，其俗断发文身，好相攻讨。”从文字上看，“疍”被视为“贱民”，当时的人对疍先民充满歧视。

宋朝的《太平寰宇记》载：“多生于江海，居于舟船，随潮往来，捕鱼为业，漂泊无定。”千百年来，以舟为居，以船为家，浮家江海，人不离船，船不离江海，是疍家人最显著的特点，也是其生活状态的写照。

苏轼谪居惠州时，诗句中记录了蜑户、蜑酒、蜑叟、蜑船：《追饯正辅表兄至博罗，赋诗为别》的“舣舟蜑户龙冈窟，置酒椰叶桄榔间”、《丙子重九二首》的“蜑酒蘖众毒，酸甜如梨楂”、《和陶拟古九首》的“海康杂蛮蜑，礼俗久未完”、《和陶归园田居六首》的“江鸥渐驯集，蜑叟已还往”、《连雨江涨二首》的“床床避漏幽人屋，浦浦移家蜑子船”以及《十一月二十六日松风亭下梅花盛开》的“岂知流落复相见，蛮风蜑雨愁黄昏”。

南宋的记录更为详细，《舆地纪胜》记载：“蜑家。《图经》云：蜑户以船为生，居无室庐，以捕鱼自赡。”范成大《桂海虞衡志》的“蜑”条详细叙述了蜑户充满危险的劳动现场和悲惨场面：“蜑，海上水居蛮也，以舟楫为家，采海物为生，且生食之。入水能视……旁人以绳系其腰，绳动摇则引而上。先煮毳衲极热，出水急覆之。不然寒栗而死。遇大鱼蛟兽诸海怪，为髻鬣所触，往往溃腹折支，人见血一缕浮水面，知蜑死矣。”

明代废除了元代依民族和身份分类的做法，实行按类分户制度，按职业区分户类，如民户、军户、匠户、灶户等，疍民在明代户籍册（黄册）上自成一类，列为疍户。疍民被划分出来单独成类，不能识字读书，不能参加科举考试，不能像岸上人家那样享受同等的文化生活与受教育的权利。

疍民喜欢唱渔歌。万历年间，明代礼部尚书、惠州人杨起元称鹅城“渔歌樵唱，朝夕相闻”。过去，汝湖疍民无论男女，大多会唱渔歌。

对于疍民经常遭受歧视和陆地居民欺侮的状况，深宫中的皇帝也产生了恻隐之心。清雍正七年（1729 年），雍正皇帝下发了一道《恩恤广东疍户》令，允许疍户上岸建屋居住，疍家人就有了独特的居所——疍家棚。

传统疍家棚屋，基本以木头和竹子为架，以旧船板铺地，用椰子叶交叉编织成的席片做外围，棚顶以茅草覆盖遮挡，门窗则用削扁的竹片编制而成。建造的时候在外围半腰高的位置留下一个方形的框架，用竹篾编制成方形竹块，并且用铁砧和锤子敲紧间隙使其密不透风，悬挂于方框之上，用木棍撑起，便成为能遮风避雨和采光照明的竹窗。同样的，疍家棚的屋门也是用竹片编制。在民风淳朴的疍家人聚居区，夜里敞开屋门睡觉，外出时在竹门上穿个棍子就算锁门，有“屋门防风不防贼”的说法。

雍正这道圣旨下达后，地方上的执行力并不强，成功转型为农民的疍民并不多。清《惠州府志》记载：“（疍）以渔钓为乐，以舟为宅，语音与土人微异。其籍隶河泊所，有长有民，岁课计户，验船征之。土人不与结婚。近亦有土著服食，视平民，间与下户通婚姻者，然亦鲜矣。蜑人属籍，归善有河泊所，有蜑户。海丰、河源、龙川俱无河泊所，有蜑户。”

在长期的生产生活中，疍家人形成了自己独特的生活习俗和风土文化。疍家人喜欢戴“疍家帽”，看到年轻未婚的姑娘戴着疍家帽在船上劳作，岸边就传来一阵歌声：“凉帽又新人又美，两边额角起云鬓，手臂生成莲藕笋，容颜好似牡丹花。”

船上的姑娘没有理会，只是将头上的凉帽取下拿在手中继续劳作。很快，对方的歌词又有了变化：“凉帽织成八角花，头中不戴手中拿，凉帽那头花带子（即凉帽的编织花带），映斜人子没归家（吸引别人家儿子不想回家）。”

最具特色的是疍家婚礼。按疍家风俗，疍家女出嫁时一定要唱哭嫁歌，不唱哭嫁歌就是对父母不恭不孝，所以每个疍家女都必须学唱渔歌。刘阿婆说，当年自己出嫁前，为了唱好哭嫁歌足足准备了三个月。

疍民成婚时，要在水上接亲，迎亲选在黄昏时刻，夕照红霞，洒在江面上，浮光跃金，浪漫而富有诗意。新郎家早已装饰好船只，“新房”只有两三平方米，新郎与一帮朋友开船向新娘家的船进发，新娘却不肯立即跨船而至，而是驾着船荡开。新郎哪里肯放，也驾船追逐，与新娘对唱情歌。歌声、笑声、喝彩声还有泼水声，在江上回荡。男女青年对唱对和，热闹非常。这是水上人家的“闹洞房”，据说唱输了的就要做“俘虏”，所以，男女青年都使出了多年积攒的看家本领，力争赢得“赛歌会”。不过，一般都是新娘认输，被新郎俘获过船，举行合卺仪式。

新中国成立后，刘阿婆家购置了小船，之后一家人生活在小船上以打鱼为生，这艘不大的小船，最多时住有 6 口人。

生活有了很大改善后，刘阿婆的渔歌又有了新歌词：“春水起来鱼上江，渔民阿哥工作忙。今日打鱼大着进，早早晚晚上市场（鱼打得太多了，早晚要去两趟市场卖鱼）。”

1968 年，响应“上岸定居奔小康”的号召，水上居民全部搬家上岸。2007 年，陪伴刘阿婆快 60 年的小船也被晚辈们抬到院子里，水上人家从此成为历史。在汝湖水上社区，刘阿婆一家安居乐业，后辈们也很争气，有了稳定的工作。刘阿婆生活幸福美满，在小船旁忆苦思甜，兴起唱了起来：“我水上人家住上高楼又大厦，一家大小笑嘻嘻。”

汝湖渔歌纯真朴实，充满原生态气息，它的艺术魅力引起了社会各界关注。作为汝湖渔歌的代表性传承人，刘阿婆常常受邀演出，进入校园教孩子们唱渔歌。汝湖镇文化站和市民协的老师帮助其整理了 100 多首渔歌。2015 年，汝湖渔歌入选惠州市第六批非物质文化遗产名录。中央及地方媒体都对汝湖渔歌进行了相关报道。当地的音乐爱好者对渔歌进行整理、改编、传唱，制作成音频、视频在网上宣传。当地组织成立渔歌协会，举办渔歌培训班，以改编、创作、展示等方法推广汝湖渔歌。

翻阅着古老的方志，竖排繁体的文字中写满了疍家人的悲惨、苦难与凄凉。而今，一次次走进水上社区的乡村，看见疍家人告别了往日的世代漂泊，党和政府引领下的乡村振兴让水上社区越来越美丽。疍家人一次次唱起汝湖新渔歌，歌唱疍民的幸福新生活。

# 你若盛开　蝴蝶自来

白　雪

400 多年前的明末清初年间，惠州市汝湖镇村民的先祖，为躲避战乱，从千里迢迢的福建等地一路颠沛流离、一路寻寻觅觅，终于寻到这片被东江水环抱着的富庶土地，在此安营扎寨，繁衍子孙。

后来，汝湖镇成为七女湖起义的策源地，拥有了“东江商埠”之美誉。

时光荏苒，转眼间到了 400 多年后的今天。这个常住人口 6 万人的小镇，在乡村振兴的路上，不断创出新的辉煌，成为一个拥有 38 公里滨江岸线、25 公里沿江绿道、总面积 157 平方公里、森林绿化覆盖率达 36.15% 的国家级生态小镇。

如今的汝湖已经成为惠州市“菜篮子”基地，成功创建国家级万亩甜玉米高产示范基地和农业部畜禽标准化养殖示范基地，培育了 11 家省级农业龙头企业，也成为惠州人民如诗似画的后花园。

初秋的一个早上，惠州市作协采风团的大巴，奔着抒写乡村振兴的华章，兴趣盎然地驶来。

## 潮范儿十足的围仔村

正午时分，南粤大地有着 40 多摄氏度高温。大巴车顶着烈日的炙烤，驶往汝湖镇的精品示范村——围仔村。宽敞、平整的乡道，和城里的马路别无二致。不一会儿，我们仿佛进入了一个静谧的画廊之中：在道路旁边，生长着一片片香蕉林，压弯了枝干的串串香蕉，仿佛在恭敬地向来往的宾客鞠躬；一排排高大茁壮的甜玉米株，骄傲地高昂头颈，向来访者行注目礼；一畦畦菜地，在骄阳下依然支棱着，向过往的行人示好；各类果树也向所有看到它们的人展露出自己独有的笑脸。沉甸甸的稻谷，在正午的强光下，金光闪烁，向世人宣告着丰收的喜悦。

蓝天、白云、河流、山塘、丘陵，不时在车窗外掠过。道路两旁涌进车窗最多的是浓淡不一、富有层次感的绿色，舒缓着我们常年与电脑打交道而疲惫的双眼，滋润着我们情感丰富的心灵。

乡村是画，乡村是诗，乡村是梦。乡村勾起我们每个人远远近近的乡愁。

乡村于我，更是心底里一种难以言说的惆怅。它浸满了祖辈的生活气息，可是，我再也没有一个回得去的乡村，因为故乡早已变作他乡。故乡是父亲生前常常念起的牵挂，是他对儿女们无数次地诉说的回忆，也是我们久久向往和渴望能够常常回去的地方。可是，父亲 16 岁就参加革命，走南闯北远离了故乡，爷爷奶奶去世后，故乡从此就成了父亲上无片瓦、下无寸土的他乡。如今，父亲已经远行，故乡，成为我们怀念父亲、怀念先辈的一个遥远而陌生的地方，更成为可望不可即、浸着淡淡哀伤的怀想。遥远乡村的故乡啊，你如今仅仅定格在我户口簿上“祖籍”那栏极其微小的地方。

眼前诗画般的乡村，仿佛在圆我一个难圆的梦，唤起了我对故乡美好景象的所有渴望。我好想在此多作停留，慢慢品味这美到骨子里的风光。

大巴车悄然在路边一处停下，我们隔着车窗望见右侧一座多彩的九曲小桥，悠然地浮在一池如镜的碧水之上。桥的尽头有两座巨型的圆球形玻璃建筑，煞是引人注目。车头正对着一大一小酷似两轮圆月相环的奶白色石牌，大气的黑色行书“围仔村”赫然于上。

我们鱼贯而出，不约而同地向着七彩小桥奔去。女作家们顾不上灼人的烈日和酷暑，纷纷在桥上摆出不同的姿势拍照，兴致甚浓，男作家也不时加入。从汝湖镇文化站的小肖口中得知，这儿原来是一个毫不起眼的臭水塘。乡村振兴战略实施以来，汝湖镇委根据整个汝湖地区山塘、水库众多，山林资源格外丰富的优势，与围仔村委一起统筹规划，利用原有的资源，在水塘上建起了这座彩虹桥。花最少的钱，办实事，办大事，是镇、村“两委”班子成员们的共识。

彩虹桥尽头那两个造型精美的球体玻璃房，是尚未竣工的玻璃餐厅。透明的玻璃，与多彩的桥栏，与一池碧水，与周围色彩斑斓的花草树木交相呼应，和谐相拥。它既造福了一方百姓，也为乡村旅游增添了新的景观，我不禁由衷地鼓与呼。

在我们返回大巴时，又被右侧大片的田园所吸引。一个木栅栏组成的红色装饰栏上，恰如其分地镶嵌着“七仙汝湖·诗画田园”几个彩色字。一望无际的田野里，近处若隐若现的阡陌，把种类繁多的农作物分隔成大小不一的形状；远处是一马平川的几百亩稻田，在烈日下，展现出勃勃生机，空气里弥漫着农作物散发出的淡淡芳香。此刻，没有鸟鸣和蛙声，更没有城里车水马龙的喧嚣，呈现出久违的宁静，好一派美丽的田园风光！

围仔村另一独特之处在于，全村安装了智能化管理监控设备。我们坐在村委会办公室里，看村书记亲自操作，不停切换全村的画面，每个犄角旮旯都清晰如镜。让人意想不到的是，这套设备还与村中的广播连接在一起，如有什么通知或异常事件发生，广播里便第一时间发出消息，十分便民。当发现有村民乱扔垃圾时，村委的温馨提示也从广播里及时流出：某某，请你不要乱丢垃圾！难怪连接村民住宅的巷道里如此干净、整洁。自律和他律很好地结合在一起，村民的行为规范和文明之风日渐形成。

监控也为村里的社会治安发挥了不小作用，治安环境越来越好，乡风正气不断攀升，祥和平安也随之呈现。

围仔村的路灯、自来水一应俱全。除了高低不同、大小不一、形状略有差异的房屋建筑，其他已与城市没有太大差异。村内道路全部是平滑的水泥路。新农村的“新”字，在此一览无余，围仔村已然与城市别无二致。但它又有城市无法企及的优势：巷道中栽种有各种果树，村民房前屋后种有花草、蔬菜。整洁的农家小院，肥硕的鸡鸭鹅，还有满院子撒欢的猫猫狗狗，远比城里人在钢筋水泥建筑中的枯燥生活来得有趣。我着实感受到乡村振兴带给村民们的诸多实惠，也切身感受到围仔村令人流连忘返的时尚美。

# 沙洲尾村的网红打卡地

我特别喜欢芦苇，每每遇见，总要驻足观看，百看不厌。尤其是那些成片生长在水边、恣意生长在山边的芦苇川，一株株柔美的枝干上，高擎着曼妙的芦花，在微风中摇出风姿绰约的浪花，在阳光下飘舞着洁白如絮的雪花。虽不登大雅之堂，但蔚为大观，朴素无华，不与万物争高下，摇曳出自己独一无二的芳华。

去年，一闺蜜在她的朋友圈里晒出了一大片芦苇，我便马上打电话询问，得知芦苇丛就在离城区不远的汝湖镇时，激动了好一阵子。

想不到，这次来汝湖采风竟意外与之相遇，冥冥之中仿佛早有注定。更想不到沙洲尾村老渡口还是一片神奇的网红打卡地，当我们站在堤坝上眺望时，一幅让人陶醉的画面进入视线，沁人心脾，令人忘怀。

夕阳下，一片面积辽阔的水域披上了神秘的色彩。澄净的湖水，与岸边坝体上生长茂盛的绿色植被相连。一艘斑驳古旧的小木船，静静地停靠在老码头边，搁浅般枕着水边的滩涂，回忆着很久很久以前老码头的高光时刻：老码头曾经承载着汝湖片区一江两岸航运之重任，老码头曾经是养育沙洲尾村村民主要的经济支柱，老码头还有太多太多的繁华往事……

随着惠州城市的发展，一座座大桥彩虹般飞落东江两岸。像其他码头一样，沙洲尾老码头也渐渐衰落。之后，随着防洪大堤的修建，原来老码头处的东江，被截流成一片水域面积达百余亩的人工湖。这便是我们眼前所见的景观。

水对岸的横沥村在起伏的山丘里若隐若现，与远处淡淡的山峦相依相偎。绿水和蓝天争相展示着各自不同的风采，水韵婉约迷人，像美丽的仙女一样，自然天成。湛蓝的天空上挂着团团洁白的云彩， 云儿不断变换着形状，上映一场场天幕电影，最后还不肯认输地把她们投射到一湾碧水之中。水天一色，再次幻化出新的迷人景观。在高阔的蓝天和澄澈的湖面之间，不时有白鹭翩翩飞过，它们也把仙姿倒映在水中，又一次与天上的白云遥相呼应。野鸭和鱼儿也在湖水中悱恻缠绵，湖面上荡起的圈圈涟漪把悄悄话儿带给西南岸边那一片茂密的芦苇丛。无数只蝴蝶和蜻蜓在芦苇丛中嬉戏、穿行，风儿搅动着一丛丛娉婷的芦苇轻摇腰肢，唱起美妙动听的歌曲，顿时引来两岸草丛中的虫吟和蛙鸣。多种鸟儿也从四面八方遥相呼应，一同汇成大自然壮观无比的和声。

望着眼前的碧水蓝天，想到沙洲尾村响应政府号召，为了环保彻底关闭了老码头；想到村民们识大体，还老码头对岸横沥水厂以纯净的水质，还子孙后代以绿水青山，不禁万分感慨，这无疑是功在当代、利在千秋啊。

秋天来了，沙洲尾古渡口也将迎来节日般的喧闹和喜庆。一艘看上去新添置不久的现代式小游艇，两艘被漆成彩色的小木舟，都停在渡口正前方台阶尽头的入口处，悄然合着新时代鼓点的律动，奏出乡村振兴的强音。人们将从四面八方争相赶来，赶到美如仙境的沙洲尾老码头网红打卡地，赴一场与芦花的约会。那是一场秋天的约会，是一场人与自然和谐相处的约会，更是城里人与绿水青山，与如诗似画的汝湖新农村的盛大约会。有如此得天独厚的美景，有美丽乡村众多吸引人的良好资源，沙洲尾村何愁明天的崛起？

作家、书画家余亚飞曾说：“浅水之中潮湿地，婀娜芦苇一丛丛。迎风摇曳多姿态，质朴无华野趣浓。”沙洲尾村老码头那片 20 亩左右的芦苇丛蓊蓊郁郁，盛放的芦花在乡村振兴之风中摇曳生姿，摇曳出老码头的盎然生机，摇曳出沙洲尾村五彩斑斓的秋天，也将摇曳出汝湖镇春光明媚的未来。

# 汝湖甜玉米熟了

黄伟辉





夏日，烈日当空，正是甜玉米陆续采摘上市的时节。在这个火热的季节里，惠州作家头戴草帽，成群结队走进汝湖镇的田间地头。一望无际的甜玉米犹如一片绿色的海洋，只见一株株玉米长势良好，硕大饱满的玉米粒被叶子严严实实包裹着，玉米穗子随风飘动，村民行色匆匆忙着采摘、传送、装车，田间地头一派繁忙的景象。

而这番忙碌的景象从凌晨两三点就开始了。天幕微微泛出鱼肚白，一丝白光从天地之间的缝隙挤了出来。当城市的人们还在睡梦中时，汝湖镇的仍北村、南新村、横山头村已经开始忙碌起来，窸窸窣窣的脚步声向同一个方向涌动，一片片绿油油的玉米地里穿行着农户采摘甜玉米的身影，一根根收获的玉米整袋打包后，被迅速运往附近一家加工企业。随后玉米被送入生产车间，经过清洗、脱粒、筛选、蒸煮等一道道处理工序，最终被加工成速冻玉米粒或玉米汁。经过分等、装箱，然后运往各地，进入到千万食客的餐桌上。

没到汝湖之前，笔者就听说汝湖盛产甜玉米。汝湖镇位于惠州市惠城区东北部，属于沿江丘陵平原区，离市政府只有三公里，区位优势明显。但是因为没有产业，耕地多为丘陵，所以在很长一段时间里，贫穷的标签都贴在当地村民的身上。自 1988 年汝湖镇开始引进甜玉米种植以来，惠城区的甜玉米产业不断发展壮大，成功创建的国家级万亩甜玉米高产示范基地，至今已成为广东省最大的甜玉米生产和加工基地之一。

惠州市盈佳甜玉米专业合作社理事长林泽权告诉笔者，汝湖基地每天可以加工甜玉米80吨，销往全国各地。“汝湖是砂质土壤，适合种甜玉米，加上水质优良，种出来的玉米格外甜。”汝湖所种植的甜玉米不仅维生素含量非常高，是稻米、小麦的5—10倍，而且吃起来特别甜。为提高甜玉米产量和质量，汝湖镇近年引进了40多个新品种，筛选出适合本地种植的优质高产品种，如夏珍、华珍、华美甜、金银粟等。

与此同时，汝湖镇扶持壮大了惠州市盈佳甜玉米专业合作社（国家级示范社）等农业龙头企业，形成农业一体化产业链条，以产业带动镇域发展。全镇年种植面积（含复种面积）达到1.2万亩，种植户数约有2000户。

种植户见证着这片甜玉米地发生的一些变化，这种变化不光体现在表面上，更在人的心里。干部知道的多了，眼界宽了，脑袋里想的事情也在发生改变。最明显的变化是，他们的工作更加贴心落地。为了让甜玉米个体工商户、小微企业主没有后顾之忧，汝湖镇积极与工商银行惠州分行对接。银行不断加大县域乡村资源投入，融资融智，增设金融服务站延伸乡村服务触角，组建金融助理参与全市驻镇帮镇扶村工作，搭建“兴农撮合服务平台”，有效支持了乡村基础设施建设、环保治理提升、绿色能源开发利用、实体企业扩大再生产。

乡村要振兴，产业要先行。汝湖镇将农村一二三产业融合发展示范镇创建工作作为落实乡村振兴的重要抓手，将自然优势、生态优势、农业优势变为经济优势、发展优势，将“绿水青山”变成“金山银山”。如今，走进汝湖镇，一幅“七仙汝湖·诗画田园”乡村振兴水彩画正徐徐展开：文化气息浓厚的古宅，繁花盛开的田园，绿树成荫的庭院，富有特色的稻田，车辆行走在平坦的沥青村道上……美丽的乡村景致让作家们眼前一亮，心头对美丽乡村多了几分向往！

小玉米做大文章，汝湖以玉米为媒，举办金秋玉米节活动，启动农业+旅游高质量发展的“深蓝引擎”，让更多人走进汝湖，了解汝湖，爱上汝湖，聚焦乡村振兴，加速城乡融合，为创建农村一二三产业融合发展示范镇助力，带动群众增收致富。

汝湖的甜玉米熟了，汝湖的群众心儿乐了！

# 那人那村

邓仕勇





我认识召楠姐是在 1996 年。如果走在大街上，很难将召楠姐的形象与一个“屠夫”挂上钩。摘掉身上那条沾满血污的围裙，她就是一个端庄秀气的姑娘。如果真要找什么特别的地方，那就是她有一双孔武有力的粗壮手臂。

召楠姐姓刘，是惠城区汝湖镇围仔村人，和我一起租住在市区的一栋老宅里。由于仅一墙之隔，我们很快就成了无话不谈的好朋友。召楠姐的父亲和叔叔都是杀猪卖肉的“屠夫”。她父亲常年多病，在她刚满 16 岁时，父亲留下了一笔巨额的债务便撒手人寰。排行老大的召楠姐被迫挑起养家糊口的重担，在桥东市场杀猪卖肉。或许是因为起早贪黑，或许是家中沉重的债务，召楠姐一直未婚。

一个周日，召楠姐找我帮忙，要用三轮车将一台二手洗衣机运回老家。闲暇在家的我欣然同意。那天，烈日当空，炽热的阳光像一把熊熊大火。我们蹬着车缓缓前行，洒出一路汗水。行近两小时，终于到达围仔村。只见一条崎岖不平的泥路，到处坑坑洼洼；路旁一污水沟里，卧着三头小牛，它们将全身浸泡在黑乎乎的泥水里，只有眼睛和鼻孔露在外面，发出惬意的哼哼唧唧声；附近一池塘，漂着浮萍和垃圾，阵阵恶臭袭来，令人作呕；村子里杂草丛生，房子多是年久失修的老屋……尽管我也出生于农村，但还是被围仔村这一片凋敝破败的景象给震惊了。

沿着狭小的村道，七弯八拐，终于到了召楠姐家门口。一只小狗拦住我们“汪汪”直叫。召楠姐的妈妈闻声从里屋迎了出来，望着眼前的两个人，竟一时不知所措，便对狗吼了一声：“自己人！”狗把头低了下去，摇着尾巴领我们进了屋。

召楠姐的妈妈衣着朴素，身体消瘦，顶着半头白发，局促中不时伸出枯枝般的手捋着额头上的几缕发丝，眼睛如两盏射灯般上上下下打量着我。我被她的目光看得有点不自在，赶紧把买的几包糖果递过去。召楠姐的妈妈满怀欢喜地收下了，对我不停地嘘寒问暖，还从锅里拿出一个热乎乎的玉米棒，拍了又拍，吹了又吹，双手递给我。随后，她还热情地为我张罗了一桌丰盛的饭菜。当然，肉都是召楠姐带回去的。

从围仔村回来后不久，我搬出了出租屋，住到亲戚家。由于距离远、工作忙，我和召楠姐就很少见面。后来，听说召楠姐离开了桥东市场，跟一个男子走了。因当时我们都没有固定的电话，就这样断了联系。

岁月如梭，转眼间，二十多年过去了，关于召楠姐和围仔村的记忆并没有随着时间的流逝而淡薄，反而不时浮现于脑海。

岂料 2022 年的一个秋日，召楠姐竟通过我的一位同事加了我的微信。她在微信上开心地跟我聊起她的情况。原来，召楠姐在卖肉的时候，碰到一个同村的年轻男子，这男子在村里种了十几亩甜玉米，甜玉米收获后，除了部分卖给镇里的加工厂外，他也会用三轮车载到桥东市场附近摆卖，以卖个更好的价钱。召楠姐跟他接触几次后，觉得这男子为人实在，并且很能吃苦，是自己理想的意中人，俩人就慢慢地走到一起，结为夫妻。婚后的召楠姐发现种甜玉米的收入比自己杀猪卖肉的收入更可观，便毅然跟丈夫回到村里做一个“甜玉米种植专业户”。经过夫妻二人多年的打拼，她不仅还清了债务，还建起了两栋楼房，一栋自己住，一栋给母亲住……在微信上，召楠姐一再邀请我再到围仔村走一走，到她家去看一看，我高兴地答应了。当驱车再次来到围仔村，映入眼帘的是平坦的柏油马路、清澈流淌的小河、井然有序的现代楼房、洁净的休闲广场……一幅幅美丽宜居的新农村画面让我怀疑汽车导航是否导错了地方。

在一栋三层小洋房前面，我心中一直挂念着的召楠姐，手牵着小孙儿，正朝着我的车子用力地挥手，脸上洋溢着幸福的笑容。

# 海棠花开

吴振尧

初春，南粤大地上，百花斗艳，繁花似锦。我们走进东江岸边汝湖镇，偶见海棠花开得很盛，胭脂红的花骨朵一簇簇、一串串，缀于枝叶间，姿态潇然，怡然静处。繁盛的海棠花树从远处看像一个粉红色的大绒球，在微风的吹拂下一摇一摇可爱极了。近看海棠花白里透红，有的含苞欲放，有的十分耀眼，每一个枝丫上都开了好几朵。风一吹，那种清香就散发出来，使人心旷神怡。我久久驻足于海棠树下，看她在窈窕春风前“东风袅袅泛崇光，香雾空蒙月转廊”。未开放的花蕾色彩艳红，花开便转为淡彩，粉妆玉砌，远远看去，春的感觉便盈满了视线。

在南方常常看到的海棠，是一种乔木小叶海棠，与北方木本的西府、垂丝、木瓜、贴梗等“海棠四品”不同，多栽种于花盆里，叶面墨绿如黛，背面猩红带粉，指甲般大小的花瓣上，星星点点的鲜黄花蕊，隐隐藏于低矮的叶间，低头凝视，颇有几分拇指姑娘的娇俏。而这一株生长在土堆上的海棠却是乔木蔷薇科苹果属植物，这株木本海棠是什么人家种植的？又是何年何月栽种的？品种又是什么？诸多疑问，我在采风途中一时无法找到答案。

在南粤要种植养活一株海棠并非易事，更何况是在野外的环境中生长。而我真正了解海棠花是因为敬爱的周恩来总理对海棠花的酷爱。周总理逝世后，邓颖超为怀念敬爱的周总理，写下了《海棠花祭》，表达了对周总理无限的思念和真挚情感。西花厅的海棠花，见证了周恩来总理与夫人邓颖超忠贞不渝的爱情。周总理生性高雅豁达，群芳之中，对海棠花最是喜爱，书室之外必植海棠花。周总理去世之后，邓颖超还是如以往一般照顾庭院中的海棠，那是周总理夫妇共有的温馨回忆。

海棠为乔木，高可达 8 米；小枝粗壮，圆柱形，幼时具短柔毛，逐渐脱落，老时红褐色或紫褐色，无毛。叶片椭圆形至长椭圆形，长 5 至 8 厘米，宽 2 至 3 厘米，边缘有紧贴细锯齿，有时部分近于全缘，幼叶上下两面具稀疏短柔毛，长大后脱落，老叶无毛。花序近伞形，一序有花 4 至 6 朵，花直径 4 至 5 厘米。海棠花素有“国艳”之誉，是中国的特有植物，多生长在海拔 50 米至 2000 米的平原和山地，可以人工引种栽培。

在海棠树下欣然跃动留影致怀之时，海棠已落了一地的花瓣，花枝也仿佛洗去了一层嫣红。粉红的那株仿如淡雅夭夭的桃花，繁花满枝，烂漫而不娇媚；白的那株清新素雅，花朵悬垂，随风轻曳，也不失花团锦簇，绰约多姿。

宋朝词人李清照在“浓睡不消残酒”中醒来，关切地询问海棠花是否安好，卷帘人不免粗心，告慰她“却道海棠依旧”，可是敏感的女词人觉得，这扶风弱花怎经“昨夜雨疏风骤”的折磨呢，该是红颜命薄，柔花零落，绿叶残存吧，便道：“知否？知否？应是绿肥红瘦。”好一句“绿肥红瘦”，把“红”同“瘦”联在一起，以“瘦”字形容海棠由繁丽而憔悴凄婉，炼字极精。词人若面对眼前这空山清雨的西府海棠，不知有多少情韵盎然的华词丽句，绵绵于世。

古时王侯将相、大户人家多在园林中把海棠与玉兰、牡丹、桂花相配植，以期“玉堂富贵”的祥境。《红楼梦》中有一章写到贾政率一群达官贵人赏游大观园，宝玉也在其中。众人被一株西府海棠吸引住了，齐声叫好。一向严谨古板的贾政忽而冒出一“女儿棠”之名，宝玉便接话道，海棠红晕娇弱，大有女儿风度。贾政两父子难得对事物有一致的看法，海棠艳而不俗，秀而不媚，当是品貌才情皆具的极品女子。

海棠花的花语是美丽、苦恋、离愁。海棠花的花朵特别好看，花型妩媚动人，代表着美丽和高贵；海棠花还有一个很凄美的名字叫“断肠花”，就是说一个人苦苦恋着另一个人，常用来比喻男女分离的痛苦；海棠也能代表亲人之间的思念，因此它的花语也包含离愁。

海棠花的“棠”字与“堂”同音，它可与玉兰花、牡丹花、桂花相配，玉兰花的“玉”字，牡丹的“富”字，桂花的“贵”字，组成“玉堂富贵”，非常的大气，适合放在家中营造富贵的气氛，也可以将这种组合花卉送给长辈，寓意美好。海棠花还寓意着“捷报寿满堂”“五世同堂”，适合在节日里当礼品赠送，具有十分美好的含义。

海棠花本身就是漂亮的花卉，它的花色多为粉色和红色，花型精致美丽，就像女子姣好的面容，古人常拿海棠花作诗，代表漂亮的女子。海棠的花语为苦恋、离愁，“自今意思和谁说，一片春心付海棠”这句诗就是此种含义，所以在封建社会，海棠代表青年男女之间的苦恋之情。

艳红恣意的春海棠落后，秋爽日高之时，便有素净白华的秋海棠枝繁花绽。在汝湖采风的时候，赏赏春花，又遥想秋花，归来的日子虽平淡不惊，然心中的海棠不败，再寻一两个海棠般的知己小叙，凡俗的生活便也开满了春天的花色。

# 戴绿手镯的阿婆

周小娅

在我自己即将成为老阿婆时，总有一些老阿婆让我羡慕和喜爱，甚至敬仰，她们寿命的高度，她们健康的强度，她们精神的亮度，她们那貌似浑然不觉岁月流逝的天真无邪、知足安详，总让我钦佩不已。时至今日，我也有足够的心态和底气了吧，可以击溃内心难以自遣的焦虑和恐慌了吧——那么，且去拜访汝湖镇水岸社区的疍家女刘花老人吧，我今天的女神。

东江水满，滋养着两岸子民。汝湖镇水上社区办公室十分有情调，前坪的羽芒菊开着小黄花，江畔是大片菜地，豆角垂架、辣椒指天、玉米喷须、蕉林鼓果，衬映着东江波光粼粼，好不醉人。社区翟书记领着我们来到居民区，三十多户渔民的房子有序排列，门楣上是一色的“一帆风顺”平安符。呼唤间，阿婆迎客：“坐！坐！”好一位九十高龄的阿婆，面如满月，笑靥如花，身姿硬朗，嗓门大气，不愧是唱渔歌的嗓子。堂屋正中一块牌匾：“刘花，惠城区非物质文化遗产项目（汝湖渔歌）代表性传承人（2019年）”。

趁翟书记张罗茶水时，我们去屋后院子里转了转，首先映入眼帘的是那艘古老渔船，看上去搁置有些年头了。据说这种渔船由手工制造，以木材为主，以竹板铁皮钢钉各种材质为辅助，给船身船篷贴补丁，看得见的风吹浪打满目疮痍。难以想象，这么一个笨重简陋的家伙，却供渔民一代一代繁衍生息，一代一代战天斗水揾食栖居。阿婆家七口人，都生活在这船舱里，孩子们船上生浪里长，一家人挤满船舱，不奢望摊手摊脚睡成一个“大”字，个子高的也不奢望能直立活动。东江疍家人到20世纪60年代末才有了岸上的家，政府帮助渔民建造了三十多间安置房，长年累月如水中生物般的疍家人终于过上了“脚踏实地”的日子。我探头往船舱里看去，小空间里堆积晾挂着旧日时光的杂物。各种水上用品、大小筐只包袱，老人都舍不得扔，它们是伴随了自己大半辈子水上生涯的物件、赖以生存的亲密伙伴、记忆中的故事，血浓于水。我站上船头作秀般拍个照片，裙裾飘飞，哦，快下去吧，千万别轻薄了这史诗般的古船。又想，幸亏疍家妈妈没有诞下像我这样弱不禁风百无一用的孩子……我这厢还在作书生般遐想，屋里响起了阿婆的歌声：

有女不嫁捕鱼家，
嫁到渔家命苦差，
三更半夜正好睡，
又要撒网捕鱼虾。
有女要嫁捕鱼家，
船上敞篷无挡遮，
一块鱼干一口酒，
不比朝廷做官差。

王字出头是你主，
天字出头是你夫，
古月旁边三点水，
你我牵手逛西湖。
东江河水凉啾啾，
又好打鱼又好游，
哪个跟你去牵手，
要放竹排到广州。

旧社会涯疍家人，
眼泪双流抹不尽，

捕到鱼来被人抢，
哭地喊天天不应。
四字写来一块田，
渔民讨食在江边，
如今搭帮共产党，
住上楼房有饱甜。

阿婆似是开腔没有回头曲，一口气唱下来如江水滔滔不尽不歇，依然嗓音清亮神采飞扬。我以为阿婆唱渔歌是童子功，自幼东江风雨磨砺的嗓子，自幼江里闯荡的各类句子，音调穿云钻雨攀越太阳的光芒。然而她说，打小就忙生计啊，船上苦啊，哪有心情唱渔歌，即使岸上常常有歌仔撩她斗歌，也是绝无心思搭腔的。是从哪一天开始的呢？阿婆突然开了一窍，出口成歌！且唱起来就一发不可收，水上地头，村间巷舍，亲朋往来，年节庆典，阿婆都是想唱就唱的亮眼人物。是啊，这歌声，是始自哪一时哪一天？禁不住我们细究，阿婆说，是上岸有房的那天吧，是温饱不愁的那天吧，是儿孙满堂的那天吧……阿婆开唱，掌声四起，哟，引得电视台都扛着机器来采访她了，那年阿婆七十有三。相比今年九十岁的阿婆，七十三岁真是年轻靓丽的好年华啊，如日中天的阿婆继续歌唱，满腹渔歌的阿婆倾情演绎，她组织老姐妹一起唱，教会年青仔一起唱，或陈词老调，或新歌随唱，信手拈来，唱成了非物质文化遗产传承人，也将自己唱得九十如十九，歌声不老，唱得响亮，引得远远近近的很多人像我们一样慕名而来呢。

女人爱照相，九十婆婆也不例外，听说要拍照，刘花小姐喜滋滋地与我们合影。哎，如果要评选的话，九十阿婆是“最上镜小姐”，她的笑容是最喜乐最灿烂的，人家露八颗牙，她露满口牙，且是满口整齐的白牙；她的身姿是摆放得最舒坦自如的，就像有了些年代的瓷器，陈迹掩盖不住润泽光彩。阿婆是经历过东江水淘洗的生命，她大半生涯所看见的，是东江阔大水面的水天相接，一叶渔舟，很多时候是渺小而孤独的，有多少人能抵得住水的起伏、船的低昂？多少次面对浩浩奔腾的东江，潮头高浪时，天寒水冷时，这位在母亲河中终年劳作的母亲，只能以内心的顽强和坚韧祈祷捕捞好彩、家人平安……经历过忧患艰苦的阿婆，如今已满是笃定和喜悦。

我依偎着阿婆坐下，趁机摩挲着阿婆手腕上硕大的绿手镯，这手镯可是我一眼羡叹之物！果然，阿婆说，这是她娘家陪嫁的祖传宝贝呢。说是绿手镯，却并非如今崇尚的翡翠和所谓“水头”，它是厚重的深绿，岁月所沉静积淀之色。绿手镯旁是一个银镯，上面刻有漂亮的花纹及“寿七”字样，可见是阿婆七十寿辰时晚辈孝敬的礼物。阿婆早已四世同堂，她指着墙上的照片说，那是我的重孙子重孙女。是啊，这个历时半个多世纪的简陋屋舍，依然是家族盛聚之所，看到阿婆厨间甚多的杯盘碗碟，看到那油浸锃亮的大锅灶，就知道这里常常会出现一个大家庭相聚的热闹景象，也可想而知，阿婆仍然是灶间欢腾忙碌的灵魂厨娘。

依依惜别，祝您健康长寿。话说了又说，手摆了又摆，可阿婆的一双大手还紧握着我的手，老人的手温暖有力。再尽情看一眼阿婆的绿手镯吧，更爱了，它就是我眼中的“祖母绿”啊，有着独特的魅力以及神奇的传说——那种江水之沉绿，是古意的笃信与传承，是人性的平凡与宁静……

# 行走汝湖散记

林艺燕

如今，乡村振兴广受关注。通过打造美丽乡村、宜居乡村，使今日乡村发挥出新的空间、美学、社交、生活价值，起到“筑巢引凤、宜居宜游”的作用，是惠州市惠城区汝湖镇建设新农村的着力点。汝湖，是七女湖起义的策源地，素有“东江商埠”之美誉。今日的汝湖美誉再加持：南新村（又称“玉米村”）获评 2018 至 2020 年度“广东省文明村镇”；围仔村以“古村韵、东江情、围仔行”为主题打造生态宜居美丽乡村精品村成效显现，成为宜居宜游的生态新农村；沙洲尾村的老渡口见证着历史变迁，寄托着村民代代相传的生存理念……

## “古韵新风”围仔村

我喜欢碧水环绕、水田交错的南方传统乡村，在大片稻田重墨泼洒般的铺垫下，或黄或绿的颜色温柔了眼眸，村落像花边一样点缀在稻田周围，哪怕只是一间小平房，后院也留有足够的空间让果树成荫，比攀成排。

去围仔村的路上，就是这样的风景，坐在车上，窗外是一晃而过的一片又一片绿色的稻田，间或点缀的牛羊，让人有置身草原的感觉。

围仔村 300 亩稻田种的是南晶香占，这是广东省农科院水稻所、广东省金稻种业有限公司选育的感温型常规水稻品种。该品种主要在惠城区进行试验、筛选、繁育，是具惠城特色的品种。

绿色的稻田是静谧的，风吹过扬起的波纹是温柔的。太阳已升得老高，铺在远远的原野上，又一晃一晃地移进眼眸，感觉空气似乎也是绿色的，蕴含着酷夏炽烈的气息。这么好的绿，是值得炫耀和雀跃的，我们沿着被绿簇拥的道路前进，田野的大开大铺，诱引着心怀也宽阔起来。

不禁怀想：待到稻谷成熟时，东江水滋养的这片土地由绿油油变成黄澄澄，围仔村举行一年一度的以新稻谷为主题的“金秋盛宴”，将会是怎样的喜庆欢腾，该有怎样的丰收岁熟？

若要领略今日围仔村的新风尚，就得先去感受一下围仔村古屋沉淀下来的沧桑。

从美若草原的田间道路进入古村庄，会有种错觉，以为进入了另一个时空。古村庄的老屋早已破败，杂草丛生，不适宜居住。留着，是为寄托乡愁的载体，感怀的，自能在眸底生出饱含沧桑古韵的湿润。

离古村庄不远，是今日围仔村的宜居之地。随着乡村振兴战略的深入推进，村民的居住环境不断改善，乡村面貌焕然一新。家家门前屋后用青砖矮墙、竹篱笆围起“四小园”（小菜园、小果园、小花园、小公园），在白墙彩画的衬托下，清雅文艺，引人注目，引得游客争相拍照留影。

远处的天空，近处的菜地，还有路上走过的村民，他们淳朴的话语里，散发着田地的青绿，与阳光的炙热交融在一起，是热腾腾的乡村烟火味。在这样的季节里，见证一场柿子树与橘树的握手言欢、人与动物和谐相处的乐趣，是多么惬意的事。

路况好、绿化好、卫生好，假山流水、手绘墙画、七彩曲桥、鲜花与绿植装点的污水收集处理点、没有异味的“网红”厕所……这一幅幅美丽的新农村画卷铺在眼前，你会怀疑此处不宜居吗？

以前，乡村的人想去城里居住，住久了城里，又向往村色越来越美好的乡村。围仔村的宜居环境让游玩的人羡慕，这么好的乡村景色，能住在这，是一种幸福，也是一种写意。

站在七彩九曲的水上廊桥，看小鸟在绿色田野上姿态优美地滑翔，看云朵在鸟雀之上自由自在地飘浮，只觉万物有声，天地共鸣，美妙不可言。

这些不起眼的平淡细节，让我体味到不一样的深邃与慈悲。与一切美好的事物相逢，都是邂逅，如同神迹时刻可遇不可求。围仔村的古韵、新风之美，正是如此。

## “宜游宜居”南新村

车沿着宽直的柏油路前行，路的两旁是大片大片的玉米地，南新村到了。

南新村是宜游乡村，有连片成群的青砖古屋，如仁英围（明）、真君宫陈氏祠堂、林氏祠堂等，早已神往，此番得去，自是如愿。

坐落在汝湖镇二坣头村的仁英围，是一座鲜有资料记载的明代古围村。厚逾一米的红砂石拱门，尽管门前杂草丛生，依然不失其英气。字迹清晰的门楼楹联“仁里风起庆得乐土之所，英年万众同享上寿之徵”，彰显了仁英围当年的人丁财旺、安富尊荣，如今阁楼残缺、墙体破败，风光已不复现。

夏日炎炎，走在幽静空荡的围村街道上，摸着围墙上规律排布的墙洞，心里是有悸动的。

长豆角的藤蔓在残存的墙头爬出来，风吹下，带着点摆动的意味，仿佛在无觉的空间里用谦卑之心与时光相欢。成熟的龙眼在破旧的房屋一角一串串地低垂着，承受着世间最饱满的力量和气息。

古屋与新绿，是时光的对接，也是日月的更替，不由分说地，带着自然的启示与禅意。

仁英围右侧的林氏宗祠，肃穆大气，门前插着满满香火残梗的香炉，似乎在宣示这个家族的兴旺。因为同姓的缘故，我得以进去祠堂，见几位老人围着小台打纸牌，其乐融融。不敢打扰，默念一句同姓之人四海皆平安，便退身而出。

追溯历史、缅怀故人，是传承，也是感悟。有古迹承载的村庄是经得起岁月沉淀的，其厚重古风是值得后人传承和领悟的。在这风和日丽的新时空里，蓝天与古屋之间，云在流动，然后渐渐消隐在屋背，像古屋的人事消逝于时光之外。

离开古屋，看到远处的玉米地，神情一下从古旧时光拉回现在。甜玉米是南新村脱贫致富的主要农作物，故此，南新村又被称为玉米村。

南新村在汝湖镇的偏远处，以前提起南新村，最熟悉的字眼就是“扶贫”。南新村有着种植甜玉米的传统，从贫困村到2020年被评为省级文明村，是大力实施乡村振兴工程的结果。

美丽乡村建设最怕“非农化”现象，只顾着把村子布置得美丽动人，却忽略了乡村生存的根本——发展农业生产。南新村把美化乡村和发展农业结合起来，既美化了环境，又增加了农民收入。

南新村借助文化和旅游的“妙手”，乘着撂荒地复耕的春风，以打造玉米主题公园为切入点，与农场公司、配送公司开展深度合作，采取集承包、种植、配送、售卖于一体的一条龙服务，结合具有历史文化价值的古建筑群，打造乡村主题旅游线路，推进文化旅游与现代农业融合的乡村振兴建设，使农民扎根乡村，脱贫致富，过上美好生活。

宜居宜游，玉米种植红红火火，南新村的人是勤劳的，是幸福的，是得先古智慧传承的。

闲暇时间，住在城里的一家老小只需驱车二十多公里就可到南新村游览美丽乡村，感受古屋祠堂遗留下来的风格与智慧，既得美好观感，也可美化心灵。

## 沙洲尾之老渡口

东江在沙洲尾村拐了个弯，弯出了沿岸的秀丽河滩风光。

以前沙洲尾村民到市区须在东江边的渡口坐渡轮，时至今日，沙洲尾村已建成美化率较高的绕村水泥大道，处于“拐弯”处有点偏远的沙洲尾，现在通途达市区，老渡口成了沙洲尾村的历史见证物。

下午的太阳热烈灼人，但阻止不了我们前去老渡口的脚步。是信念使然，也是对过往的一种缅怀，更是对沙洲尾村人出行方式变化的一种见证。

沙洲尾村的老渡口规模不大，也没刻意去修饰和打造，就保留着当初的样子。没有渡轮的渡口早已失去渡口的意味，几艘小艇浮在宽阔的江面上，蓝天白云的倒影与蓝白两色相间的小艇层染在一起，竟然铺陈出几分高山湖泊的意境来。

一艘木船安静地搁浅在岸上的砂石地上，是晾晒还是扔弃？不得而知。斑驳的木船、葱茏的灌木、大片的水草，构成一幅令人忍不住要拍下来的美丽画面。

临江而立，两岸的青草在灼热的阳光下渲染出一江翠烟，朦胧了花影岗峦，以及对过往渡口的想象。岁月像江水流淌不息，或许一不小心就抹去了很多人的记忆，老渡口曾经的迎来送往，已在岁月流逝中消失不见。

老渡口车马慢的岁月、时光的点滴、村民的悲欢离合，又似乎在老人缓慢的叙述中、江水荡漾的起伏中日渐清晰，不曾消失似的。

如今的东江两岸已被改造得壮观秀美，现代化元素日益增加的沙洲尾村也越来越宜居，保留住了烟波岸边的老渡口，也保留住了村民代代相传的人间烟火气。已不见渡轮的老渡口记录了沙洲尾村民传统的出行方式，是一代人无法抹去的记忆。

我们享受着大道通四方的美好，也不忘却曾经赖以生存的古物旧迹。感恩过往艰苦朴素的生活历程，创造更好更美的生活，就是老渡口传承发展的理念。

汝湖之美又何止围仔村、南新村，“七仙汝湖·诗画田园”乡村振兴综合示范带将形成“一带一路一镇十二景”的空间布局。我们感叹乡村振兴给汝湖乡村带来的发展生机，让惠州市民有了休闲、观景、养心的好去处。田地、树木、河流、村落，一路上，离自然那么近，内心不断滋生的丰美的念想，像村庄的野草野花一样繁茂，带着乡村的诚恳、敦厚，无形地在我心中闪着点点萤光。

# 汝湖玉米

陈笑荣





八月中旬的阳光灼热明亮，火辣辣地照在南粤大地上。车沿着东江往城区东北部行驶，窗外闪过城郊的紫薇花、龙眼树、田野、菜地、玉米地……短暂的车程很快结束，我们走进了有“甜玉米之乡”美称的汝湖。

下车行走，烈日炎炎，头顶的白云蓝天铮亮铮亮，远处青山如黛，江面似镜。身边目光所及，所见已不同于昔日的农村，不见低矮的瓦房，看见的是干净整洁的楼房村舍，道路宽敞笔直，主干道还画了交通行驶线。路边围栏深处，几只大灰鹅“哦哦哦”伸着脖子一个劲地打招呼，热情地讲着本地“鹅语”。

来到距离城区约二十公里处的横山头村，进入盈佳玉米加工厂，空气里弥漫着清香甜润的味道，那是玉米的味道。加工厂里一片繁忙，机器忙——运送玉米乘坐“扶梯”进入剥壳机，工人忙——把粗布麻衣进去、金缕玉衣出来的玉米棒装框。剥了外壳的玉米棒，粒粒饱满、金黄闪闪，摸一摸，珠圆玉润。

这勾起了我对玉米的些许记忆，老家称它为“苞谷”。以前，在车站附近的路边摊，一般都有煮好的苞谷和茶叶蛋等，出门上车前，买一根苞谷，既能当零食又能果腹，清甜热乎。来到广东以后，我还习惯了做菜的时候用点玉米淀粉，这是如同油盐酱醋一样重要的亲民宝贝。

正在我思绪驰骋之际，加工厂负责人林先生过来了，大伙便围着他询问不停。看得出负责人很自豪，滔滔不绝地介绍起他的玉米来：“我们有金黄玉米、金银玉米、糯玉米、彩糯玉米、水果玉米、小指玉米、生吃的玉米……”退役回归乡土后的他，眼里心里都是玉米，成立了玉米合作社、建起了玉米加工厂，满怀助力乡村振兴的情怀。

玉米浑身都是宝，它口感清甜，营养丰富，对土地、环境、气候不挑剔，给点阳光就灿烂，稍加打理，就有望收获高产。它原产于美洲，后来传到欧洲，再逐渐传至世界各地。它和稻谷、小麦、大豆、马铃薯等都被列为粮食，养育了地球上世世代代的人。

甜玉米一年能种三轮，这么高产的草本植物，幼苗像一棵小草，经阳光照耀和雨露滋润，却能长出树的姿态，如绿袍婆娑裹金珠。成熟后的玉米棒，个子长长果穗饱满，绿袍再也裹不住，剥开棒壳，里面的玉米颗粒圆润整齐，金黄亮丽，向外界传递着积极阳光又大气的能量。

巧的是林先生穿的 T 恤就是玉米黄的颜色，我不禁想笑，但还是认真听他继续讲玉米经：“我们把玉米外壳和玉米芯粉碎了用来做饲料，养奶牛，养鸵鸟，养猪……”大家听了纷纷点头。

“玉米秆还可以用来做吸管。”有人提议。

“吸管这一块就比较简单了！”林先生笑着说，“我们还有更厉害的研发——用玉米秆来做碗，做鞋套等，很环保。”

“哇！”大家的点头换成了惊叹和钦佩。

《诗经·良耜》写道：“畟畟良耜，俶载南亩。播厥百谷，实函斯活。”开篇就赞美锋利的金属锄头，在西周时期良耜那可是先进的生产力啊。今天，汝湖先进的玉米加工科技能力和生态环保的发展理念就是先进的生产力，是发展乡土的“良耜”。

玉米加工厂区一边的车间进行粗加工，另一边的车间进行精深加工，玉米粒根据原味、莲子玉米味、红枣玉米味、巧克力味等不同配方分装为一个个小袋，分别在零下 18 摄氏度、零下 40 多摄氏度冷冻，即时保存。想吃了就取出一小袋玉米粒，解冻后即榨即食，加糖无糖均可，给忙碌的人们提供了优质、便利的生活。

汝湖的玉米，经过东江乡情的熏陶、科技的洗礼，载着希冀，见证着生态良好、环境整洁、祥和富足的今日乡村。恰如《诗经·丰年》:“丰年多黍多稌，亦有高廪，万亿及秭。为酒为醴，烝畀祖妣。以洽百礼，降福孔皆。”这是古人祭祀时报告丰收的场景，古人虔诚献上用这丰收的粮食酿造的美酒，祭祀神明和祖先，并祈望幸福在千家万户普降。

数千年之后的今天，我们的初衷不变，祈望幸福永永远远在中国的千千万万个乡村普降，在整个神州大地普降。

# 汝湖风情

毅　心

传说，东洼村在很久以前，连续干旱，塘水干涸，泉水断流，庄稼枯死，后来有七位仙女下凡，在东洼塘边戏水，并给村民们带来丰沛的雨水。村民们为了纪念七仙女，就在东洼塘边集资建庙，庙名叫“七女湖庙”，东洼村也改名为“七女湖村”。后来随着时间的迁移，“七女湖”演变为“汝湖”，一直沿用至今。

汝湖镇，位于惠州市惠城区东北部，也是七女湖起义的策源地，素有“东江商埠”之美誉。其不仅是多条高速路的出入口，也与多条高速路实现互联互通。

以农业发展为主的汝湖镇，不仅拥有特色的农产品，也具有惠州客家人和福建闽南人的传统文化。

乡村振兴的春风，吹遍了每个乡村，给乡村带来焕然一新的面貌。

汝湖镇在春风下，不仅村容村貌得到了改善，道路也实现了硬化，变得宽敞、整洁干净，卫生条件也改善了，村民们的整体生活质量和文化水平也提高了，孩子们的教育也得到了保障。

南新村以甜玉米为主要特色农产品，素有“甜玉米之乡”的美誉。村民们发展甜玉米的种植，在乡村振兴的春风下，得到了政策的支持，在种植技术和观念上有了很大的改变，也有效地提高了玉米的产量和质量。

当地村委与农场公司、配送公司开展深度合作，为村民们带来更广阔的玉米销售市场，并提供了更全面的服务。

南新村的甜玉米，有效地走入市场，不仅吸引了不少企业入乡投资、合作，开发了甜玉米新项目，给当地带来了经济效益，也给村民们提供了就业的机会。

汝湖镇南新村和仍图镇，是400多年前由福建迁移来的移民村，至今仍保留了闽南风俗和闽南方言。

戏台，是闽南人特色的民俗文化。每逢进香、年节、村子里办喜事等重大日子，戏团都会下乡表演，给各个村的村民带来快乐。

村子里，先辈们搭建的戏台位于村子显眼且宽敞的位置。写满历史的台柱子、琉璃瓦、壁画，让人感到仿佛时光瞬间倒流，把我们带回物资匮乏的时代，让我们置身于穿着戏服、化上浓妆、在台上唱戏的氛围中，台下的父老乡亲们，满怀笑容地鼓掌、喝彩。

真君宫巡游活动始于明末清初，是仍图镇的闹元宵活动，也是南新村和仍中村一年一度的盛会，也是惠州市非物质文化遗产项目。真君宫里供奉着的是“药王”孙思邈。

据记载，居住在南新村和仍中村的陈、林两姓族人，是明末清初从福建辗转迁徙到仍图的。为了感谢和怀念一位伴随两姓族人辗转迁徙多地、遇难成祥的医生，村民给医生塑像建庙，并坚信他就是“药王”孙思邈化身下凡，为民除灾。从此真君宫常年香火鼎盛，“医灵大帝”成为仍中和南新两村的保护神。

每到元宵佳节期间，两村陈、林两姓村民欢聚一堂，互庆互贺。

巡游活动已经流传了400多年。在巡游活动期间，两姓族人身穿绸布袍褂，头戴圆顶礼帽，把“医灵大帝”从真君宫请出来，由8位男丁抬着花轿在两个村子里巡游。整个巡游约为4个小时。

每年的农历正月十二日到正月十五日，这4天时间，南新村和仍中村的村民都会在自家门口挂上大红灯笼，一个灯笼代表一户人家，等待静街的到来。正月十二就是静街，正月十二到正月十四要连续吃斋三天，以表示对真君的尊重。

特别是到了元宵当天，大家都放下手中事务拜祭“医灵大帝”，祈求这一年百事兴旺、风调雨顺、国泰民安。

汝湖镇上围村的舞稻草龙活动，也是惠州市惠城区非物质文化遗产项目之一，具有传统民俗传承性。

上围村村民也是从福建迁移到惠州定居，所以在语言和风俗方面也保留了闽南特色。

据说，舞稻草龙的传统习俗也是村民的先祖从福建带过来的，距今有400多年的历史。这项习俗，在惠州及周边的客家地区，历史悠久，同时融入了客家民俗文化，具有岭南特色。

传说，龙能辟邪魔、消灾祸，带来平安和丰收，是吉祥的象征。在每年农历的正月初一、元宵佳节，或发生瘟疫、自然灾害时，村里都会组织舞草龙活动，祈求健康平安、风调雨顺、年年丰收。

整个舞龙的过程分为“请龙”“舞龙”“送龙”三个环节，并在同一天完成。

编制草龙是一门技术活，要将稻草分成3股，再用编麻花辫的方式编制草龙，龙尾和龙角用细竹制成，龙舌用竹片，龙眼用小的手电筒。过去由于物质条件有限，只能用蜡烛来充当龙眼。

草龙身长约13.6米，每一节相隔1.3米，每一节牢牢地插进一根带叉的竹子。一个人负责一节草龙的舞动，并由专人分别持大叉一对、大锣鼓一面、大鼓一面，紧随稻草龙身后，一边敲锣打鼓，一边放鞭炮。

村民们纷纷前来庆祝，以求舞龙能带来好运。气氛非常热闹和喜庆。

汝湖镇的闽南风情形成了独具特色的岭南地域文化，加上独有的农业种植文化，给当地增添了不少文化底蕴。在乡村振兴的春风里，农业的发展，传统文化的继承，使得乡村的文化气氛更加浓厚有味。

# 围仔村，黄昏与清晨

宏　华





围仔村是汝湖镇靠江边的一个小村庄。旁边是上围村、下围村、房村、古仙村。大概是村子小的缘故，又靠上围下围，就叫围仔村了。

从江北市中心导航到围仔村，不足二十公里，开车半个小时就到了。车到上围村，路就从四车道变成了两车道，随着近几年乡村振兴政策的落实，原来的沙石土路已经不见了，一路都是焕然一新的柏油路，路旁是整齐的紫荆、风铃木、紫薇。时值大暑，路旁无数的紫薇开了花，夹在枝叶婆娑的紫荆和风铃木中间，看起来好像是盛装迎接远方的客人。

跟所有的旅游景点差不多，顺着路走到围仔村，你首先就会看到村里的标志性建筑——一个建在村口的小公园。原来的鱼塘，架了红色的景观步行桥，不是那种直条条的交通桥，桥栏杆是红色的，桥面是防腐木，桥曲折回旋，仿佛在湖面上架起了彩虹，就叫彩虹桥了。桥那边有两个玻璃建筑，外立面是多面体结构，远看像两个大足球，又像观星星的天文台，那是村里的稻田餐厅，会举办各种各样跟稻田、农事、休闲有关的一些活动，那时候，围仔村就会来很多很多人，特别热闹。

小公园过了就到村委会了，也是党群服务中心。简简单单的建筑物，干净、整洁、林木茂盛。村委后面是村里的小学学校，周围几个村的小孩都到这里来上学。

村委走过去就是一栋连着一栋的小楼房，很显然经过了严格细致的规划。乡道、村道、小巷，所有的路面都新铺了柏油，很干净，看上去整齐划一，井然有序。农家小楼有各种各样的装修风格，经济条件好的，可能豪华一些。但普遍都带有院子，院子里停有小汽车、摩托车、电动车等等。看得出来，村民的生活比以前已经有了根本上的改善，“小康不小康，关键看老乡”，围仔村的父老乡亲，生活水平早已经超过小康，正在走向富裕了。村里人比较少，能看到的多数是老人、小孩，跟大多数村庄一样，青壮年都去外面做生意、打工了。

在围仔村里行走，不知不觉就到了东江边，有几头牛悠闲自在地吃着草。防洪大堤上新铺了彩石绿道，有城里来的学生在绿道上骑单车。无论是村里的人，或者来休闲的人，在绿道上散步，一边看江水不停地流淌，一边看落日、看晚霞，正是“落霞与孤鹜齐飞”。这时候，如果有风在堤上轻轻地吹过，轻拂头发，看蜻蜓、蜜蜂在花间飞，一定会感觉很凉爽、很有意思。

炊烟起了，堤下一大片乌漆漆的瓦房。院墙斑驳，老荔枝树、老龙眼树、老波罗蜜树，一眼望去，虬枝、老干，莽莽苍苍，在瓦房周围环伺，像老卫兵似的。这是围仔的老村了。一个老阿婆在摇水洗菜，有自来水不用，非要手摇井水。阿婆七八十岁的年纪，动作不算麻利，但连贯、熟练，不拖泥带水，可见健康状况不错。院子旁种了番薯、白菜、茄子、姜、葱，还有葫芦、香蕉、百香果。仔细看看，边上还有沙葛，还有一簇簇叶子像竹子的，那是竹芋。竹芋成熟的根茎像竹笋，又像山药，可以做菜，切成小丁，煮透了，加上冰糖，可以做成美味的冰糖竹芋，据说可以健脾祛湿，对身体很好。阿婆和家人好会过日子。跟阿婆聊天的当口，有燕子飞回屋檐下，正要夸阿婆家风水好，却听见阿婆在念叨：“搬新屋搬新屋，搞到燕里都唔知寻到屋。”我一时语塞，空气也仿佛凝固了一下。是啊，“燕子归来寻旧垒”，阿婆搬去了新屋，每到季节，燕子飞回来了，只看见老砖古瓦，绕来绕去飞，旧巢依然在，却不见了原来的主人，燕子会黯然神伤吗？谁来倾听燕子的呢喃呢？

摩托车的声音由远而近。阿婆的邻居回来了，搬下一个大箱子，问阿婆要不要可乐，阿婆拒绝了。“阿来，老是饮傻仔水，痛风晓好咩？”阿婆语带责怪，却是关心来叔的痛风。阿婆指着菜园，“满菜园菜，就唔搞来食，老去街唔三唔四滴野，话唔听”。一转眼来叔进屋去了。

问阿婆，来叔的痛风，治起来时间很长，应该费钱吧？阿婆说有医保，村里统一的，生病住院好多可以报销，不过一刮风就痛，也麻烦。仔细看来叔的房子，钢筋水泥的两层半楼房，外墙部分脱落，应该有些年头了。阿婆说来叔生了四个女儿，长大了都去深圳惠州打工，工资基本上都寄回来，来叔日子过得比很多人都好。长时间吃吃喝喝，不知不觉就得了痛风。现在女儿都嫁人了，寄回来的钱少了，吃饭穿衣是没有问题，做事业就难了，那边新屋刚建了主体，下一步还要筹钱装修。

来叔突然出来喊了声奇奇怪怪的吆喝，几头牛从江堤上下来了，原来那几头牛是来叔家的，天色将暗，牛儿回家了。夕阳斜照江堤，草地，牛，一阵金光耀日。

暮色。

故园。

冰心老人说：“愿你的生命中有够多的云翳，来造成一个美丽的黄昏。”“几杵疏钟，半江渔火”，淡淡的忧伤笼罩四围。我们沿着弯弯曲曲的村道归来，偶闻几声犬吠，围仔老村的太阳能灯光忽明忽暗。

回头再说说稻田餐厅。

围仔村的干部群众最津津乐道的，莫过于村里的一千多亩水田了。汝湖镇面积一百多平方公里，但开阔的平地不多，围仔、古仙、房村这一带算是得天独厚了。从稻田餐厅放眼望去，一大片一大片的田野一直铺到山的那一边，夏日的风吹拂着无边的绿色，稻浪翻滚，让暑气消失得无影无踪。村里的农田，一部分长租给专业户种经济作物，其余部分则由围仔村民自己耕种，以种水稻为主。秋天来了，稻熟时节，人们在稻田餐厅周围搭起帐篷，拉起彩色的旗子，升起五颜六色的气球，扎起稻草龙，点起篝火，村民和游客载歌载舞，稻田秋实节锣鼓喧天，丰收的喜悦荡漾在围仔村的家家户户，洋溢在围仔村民的笑声里。

得益于农业银行的农户贷政策，部分有能力的村民还办起了小工厂、小农场。小工厂生产市场需要的小百货、塑料花等等，工人就是本村的，忙完了地里的农活，就去厂里帮忙，也有领料回家加工的。一个月下来，每个人也有千儿八百块的收入。牵头贷款的农户也因此增加了收入，盖了新楼房、买了新车，院子打理得井井有条。农户贷正在帮助更多的村民走向富裕。

“春水起来鱼上江，渔民阿哥工作忙。今日打鱼大着进，早早晚晚上市场。”围仔村民的客家话带着浓浓的闽南口音，他们原本多数是顺水打鱼的疍家人。尽管已经上岸务农几十年了，鱼汛来时，还是有不少人会到江上打鱼，鱼儿丰收时，要一天两次到市场上出售鲜鱼，“早早晚晚上市场”。岁月更迭，渔歌的内容也与时俱进，不断出现新的曲调、新的歌词。不变的是围仔村人对村庄的眷恋，对美好生活的热切期盼，对田园牧歌的深情回望。

早晨，阳光洒满围仔村的田野、村落。通往城区的马路上，小汽车、摩托车、电动车不断从各家各户冒出来，那是去城里做生意、打工的村民出发了。围仔村，或者围仔村民的幸运就在于此。一方面，基本的农业活动得以保留，水稻种植和旱地耕种、家庭养殖，一直在不间断地延续，许多地方的土地撂荒、田园将芜，在围仔村却没有出现。另一方面，城市近在咫尺，有一半以上的人口在城市做生意或者打工，与纯粹务农相比，收入大大提高，可以反哺乡村。近年来党和政府的一系列惠农助农政策，包括精品村建设和银行农户贷，多种利好在围仔村叠加，一个阡陌纵横、炊烟袅袅的江岸田园，就在汝湖的土地上，自在生长，岁月静好，岁月如歌。

记不起是哪个名人说的了：“清晨起来，看见你和阳光都在，这就是我想要的未来。”围仔村新布设了覆盖全村的视频监控系统，恢复了广播大喇叭。广播里优美动听的歌曲飘荡在围仔村上空：

“我们的未来，在希望的田野上……”

# 印象汝湖

黄文君

汝湖，一个历久不衰的精神符号，一处山水下的隐世秘境，一个令人神往的地方！

汝湖在清末前叫“七女湖”。相传，玉皇大帝有七个女儿，因为厌倦了宫廷呆板的生活，便偷偷结伴下凡游玩。她们来到东江之畔，见这里山明水秀，风光旖旎，便沉浸其中，乐不思蜀。玉皇大帝获悉，龙颜大怒，命令护法天将王灵官带兵到凡间捉拿七仙女，七仙女不是他们的对手，在应战中，七仙女围裙被撕破，无脸再回天堂，于是扑地而亡。七个仙女从此化作七个湖泊，人称“七女湖”。日久年深，离得近的湖水慢慢融到一起，形成了现在的四个大湖，分别为白鹭湖、洋朗湖、庙滩水库和大岭头水库。

虽然神话广泛流传，但七女湖的驰名，却不仅是因为这一传说，更因为丁未惠州七女湖起义。据史料记载，辛亥革命前，孙中山在汝湖上庙发动了上庙起义，亦称为“七女湖起义”。七女湖起义前期打了几次胜仗，后因孤军无援、弹药匮乏，最终起义失败。这次起义虽在清军围攻下失败了，但意义重大、影响深远。

岁月的脚步轻轻，历史的印迹重重。汝湖窖藏着岁月，蕴藏着文化，承载着历史过往。穿梭于汝湖，每一次定格都是美景，每一个角落都写满故事……

香火旺盛的上庙前长着一棵巍然挺拔、枝条横生的木棉树，据说有 120 年了，树上挂着国家三级古树的牌子。木棉树又称英雄树，花开叶不在，花红叶不绿。木棉花开时，花红似火，蕊红如焰，一朵朵，一簇簇，像火红的号角仰天而鸣。庙后有一棵500多年树龄的国家一级榕树，要五六个大人手牵着手才环抱得拢。这棵古榕树盘根错节，皮若裂岩，卷曲飘拂的长须和浓得化不开的团团绿云，积淀着久远岁月的雨雪风霜。榕树下老人三五成群，下棋、喝茶、聊天，幸福之情溢于言表。这两棵古树是村民的信仰，它们俨然孔武有力的将士，守护着这方净土。村民们笃信，这两棵见证了这段厚重革命史的古树是有灵性的，所以每逢会节、诸仙诞期都会前往烧香祈福。

被岁月浸染的仁英围，是仍图的一座标志性古建筑。围墙南北两面中段开建门楼，南边正门是红砂石拱门，门额写着“仁英围”三字，两边是斑驳的楹联“仁里风起庆得乐土之所，英年万众同享上寿之徵”。围内四面砌墙，且以“舂墙”的方式建筑而成，以防敌人的侵犯。“万物逆旅，百代过客”，行走在古围屋，时光已被冰封，耳畔却回荡着历史的回音。那被时光剥蚀过的城墙、门楼、角楼，无不镌刻着时光碎片的静美。轻抚着斑驳墙壁，感知着这座古墙有力的脉搏，指间的片片零落，如老去的时光，虽然已静默却凝结着历史的烟云，记载着岁月的沧桑。绿油油的青苔，毛茸茸的狗尾巴草，让人又爱又恨的鬼针草，还有许多不知名的藤蔓，在断壁残垣中肆意横生。此情此景，蓦然心生感慨，“历史是一个美丽而苍凉的手势”，空留一段悠悠印记罢了！

说起仍图真君宫，它已不再是一个景点，而是一个故事的起点。真君宫构筑精致，气度恢宏，它浓缩了灿烂的文化内涵，凝聚着浓郁的中华民族情结。里面供奉着的“医灵大帝”孙思邈神像，是当地百姓的精神寄托、心灵信仰。据记载，居住在南新村和仍中村的陈、林两姓族人是明末清初从福建辗转迁徙至此的，由于水土不服，许多人都生病了，幸亏得到当地一位医生的帮助，不少人才得以康复。为了感谢这位医生的医术医德，村民怀揣感恩之心，给医生塑像建庙，并坚信他就是“药王”孙思邈化身下凡为民去灾，是村民的保护神。从此，真君宫常年香火鼎盛，至今不衰。每到元宵佳节，陈、林两姓村民就身穿布袍褂，头戴圆顶礼帽，把“医灵大帝”从真君宫请出来，由8位男丁抬着花轿在两个村子里醮会、巡游，场面热闹非凡。村民无论多忙都会放下手中事务，诚心叩拜“医灵大帝”，祈求平安！这种信仰不仅仅是对心灵的告慰，更多的是对民俗文化、传统美德的传承。

“一水护田将绿绕，两山排闼送青来。”村里的小河蜿蜒清亮，绿得如翡翠，明得像镜子，潺潺、静静地流淌着。历经岁月的洗礼，只剩七根桥柱的七驳桥，虽已光荣地完成了其历史使命，但它却作为水面之上一道美丽的风景、一个时代的见证而保存了下来。七驳桥的七根桥柱，系在河水柔软的腰间，真实地记录着惠州的昨天、今天和明天，见证着汝湖的发展与变迁，也将见证汝湖更美好的未来。蓝天白云、青山绿树相互映衬，瞬间感觉天地间一片纯净。不远处，“两只鸳鸯闲戏水，一江翡翠喜添花”，泛起的层层涟漪，像片片浮动的银鳞，又像被揉皱了的绿缎，一圈一圈地荡漾开去。

滔滔江水，生生不息。昔日的惠州有多个村子是开渡船的，比如汝湖，就有沙洲尾渡口、围仔渡口、古仙渡口。这些居住在河两岸的村民在过去交通不便利的年代，互通多靠渡船。由于汝湖、横沥、水口赶集的时间不同，每当一个地方到了圩日，周边街镇的人就会从四面八方汇集至渡口，甚为热闹。光阴嬗变，随着越来越多公路的建设和大桥的落成，人们的生活条件越来越好，私家车越来越多，乘渡船的人也就越来越少了。加之近年来东江水位下降明显，部分河段出现河床裸露的情况，部分渡船因无法正常渡运，已自行停航。承载着几代人回忆的渡船，逐渐退出了历史舞台。唯有茫茫苍苍、浩浩荡荡的芦苇一茬茬昂扬于天地中，芦苇苇絮一如仙鹤的羽毛洒在半空中，将沿河风景装点得如诗如画。突然，白鹭在芦苇丛中呼啦啦起飞，掠过水面，一眨眼便消失得无影无踪。游人或驻足远眺，或举起相机定格美好瞬间。悠悠江水，袅袅渔歌，落寞的渡船枕着东江的臂弯，静观日升日落，笑看云卷云舒。

糖蜜谷见证了汝湖劳动人民的勤劳与智慧，他们用双手酿出甜蜜如糖的生活。现如今，糖厂的烟囱已不再冒烟，但这高高的标志物却成了网红打卡点。那边厢，万亩甜玉米正成为村民发家致富的“甜蜜果”。甜玉米是乡土的图腾，甜玉米丰收给村民带来了甜日子。走进甜玉米加工区，一阵甘甜清香扑鼻而来。堆积如山的玉米，正通过机械传送带进入加工流水线，工人对剥皮后的甜玉米进行人工分拣，把一根根色泽金黄、颗粒圆润的甜玉米装框送入生产车间，然后再经过清洗、脱粒、筛选、蒸煮等一系列严格工序，最终加工成速冻甜玉米粒、甜玉米罐头、甜玉米棒、甜玉米笋、甜玉米汁等农产品，最后从这里源源不断配送到一座座城市中，进入千家万户的餐桌上。“我们既有技术，又有销路，还能保底收益，种甜玉米让我们的生活越来越好……”林姐一面利索地将玉米分类，一面喜形于色地跟我们分享她的幸福生活。

乡村的日子是田野的风景，平常中流淌着丰美的诗情。开门见绿，推窗见景，整洁的柏油路，错落有致的村居，别具一格的文化长廊，长势喜人的菜园，硕果累累的果园，鲜花环绕的污水收集处理点，美丽的彩虹桥，壮观的大风车……好一幅美丽汝湖新农村画卷！漫步在田埂上，低眉浅嗅，一点一滴，乡土气息渗透在呼吸与记忆里。春夏秋冬，日月更迭，季节在黑色的田垄上，临摹农人心上七彩阳光。秋波流转，艳阳恣意宣泄着咄咄逼人的力量，锋芒毕露的稻穗黄澄澄、金灿灿，应承秋风的邀约，刷啦啦舞动心跳，深情吟唱起丰收之歌。沉默的土地里，生长着不倦的灵魂，土豆、红薯、芋头……全跃跃欲试，蓄力地生长，承载着沉甸甸的希望和丰收的喜悦。务实的拖拉机在田地里来回穿梭，挥洒的汗滴，喊醒泥土的芬芳，一茬一茬的丰收暗语，写进千里沃壤。草丛中、罅隙里、小河旁，秋虫不厌其烦地低吟浅唱。汝湖的美，于当地村民而言，或许早已固化于心。于我而言，无论是仰视抑或俯瞰，那都是绝美！

山是水的故事，云是风的故事，美丽汝湖，是大家的故事。

# 汝湖稻草龙舞起来

刘雨坤





我们中国人自称龙的传人。龙是我们民族的图腾。大家都喜欢看舞龙。舞龙分为舞金龙、舞银龙、舞草龙。舞草龙，许多地方都有。广东省惠州市汝湖舞稻草龙，具有别样风采、独特魅力。

汝湖稻草龙舞起来！

舞稻草龙在广东省惠州市惠城区汝湖镇的上围村、下围村是非常重要的民俗活动。

2022 年 8 月 14 日，我们参观上围村时，听当地村干部陈玉祥郑重介绍，客家先祖为躲避灾害、战火，从中原一带辗转到福建。在清朝咸丰年间，再由福建迁徙到汝湖上围村，定居至今。舞稻草龙的传统习俗也是先祖从福建带过来的，过去的生活习俗经过四百多年的漫长岁月，通过口授身传，演变成如今的元宵活动、文化展演。

传说龙能够避邪魔、消灾祸、保平安、佑丰收，是吉祥的象征。以前，每年的正月初一至元宵节夜，或者有发猪瘟、大旱大涝等不太平的时候，村里都会组织舞稻草龙活动，以祈得三星高照、人丁兴旺，以求祛灾降瑞、风调雨顺、吉祥安康、年年丰收。

稻草龙的选料非常讲究。在晚稻收割时，就要准备好稻草，选取糯谷稻草秆，比较粗壮、有韧劲。在太阳下晒干，不要被雨水淋到，勿折勿压，妥善保管。一般不用粳谷稻草秆，因为它易断、韧性不够。

扎稻草龙在上围村也叫“请龙”。编织稻草龙是技术活，要一丝不苟。

只有经验丰富的师傅，才能胜任。在编织稻草龙前，会把早先准备好的糯谷稻草秆灰白、柔软易断的外衣轻轻撕开、剥下，留取比较粗壮、韧劲足、颜色金亮的糯谷稻草秆来编织稻草龙。然后把这些糯谷稻草放进水里浸一下，干燥的糯谷稻草吸收了水后，变得柔软、有韧劲，不容易折断，有利于师傅编织。

编织稻草龙时，师傅们首先用一把把稻草编成一条条小的草绳；然后，将三股小的稻草绳像编麻花辫一样编织起来；最后，经过编扎、捆绑，稻草绳逐渐化身为草龙的各个部位。其中最难做的要数龙头了，一般都要耗时两三天才能做好。

稻草龙扎成后，龙身约 13.6 米长，每节相隔 1.3 米，然后牢牢插进一根带叉的竹子，每节由 1 人舞动。龙尾和龙角用细竹制成，龙舌使用竹片，龙眼使用手电筒，小的用灯泡（或蜡烛）等。以前的龙头比较简单，用竹片弯成“S”形，再细心捆绑上稻草，包装好就行。龙眼用蜡烛点亮，龙身则插满香火。六年前，为了安全，也为了表演方便，上围村里德高望重的陈流民与村民经过商议，采纳年轻人的建议，对龙身上的装饰做了些改进。龙的眼睛用电筒代替，龙身上的香火改成了 LED 灯，草龙在夜里舞动，依然栩栩如生。

精心制作的稻草龙，金黄闪亮，栩栩如生，质朴厚实，不失刚强，别致可爱，素雅灵动，令人叹为观止，一见倾心！真是化草为龙，化腐朽为神奇。

舞稻草龙有锣鼓队，锣鼓队有大钗一对、大铜锣一面、大鼓一面，后面跟着舞稻草龙队伍。一阵鞭炮响后，稻草龙便由锣鼓队敲锣打开路，绕着村头村尾游走。家家户户放鞭炮，“接龙灯”。

舞稻草龙不仅是力气活，而且是技术活，非一般人能够胜任。要求舞者动作敏捷有力，与龙头一起腾挪闪跃，飞上飞下，步调一致，配合默契。

以往，舞龙队会将稻草龙舞到每家每户的大门口，每到一家，主人都十分高兴，焚香叩拜、燃放鞭炮表示欢迎，并将燃烧的香火插到草龙身上，直到将草龙插得满身香火。

现如今，龙的眼睛用电筒代替，龙身上的香火改成了 LED 灯，草龙在夜里舞动，依然栩栩如生。在月光映照下，仿佛一条披着金色铠甲的火龙，游走在村头村尾、各家各户门口，引人瞩目。

观看舞稻草龙时，人山人海，热闹非凡。围观的人群中，有本地人；有本地人的亲朋好友；有外出归家的游子，回来解乡愁，回忆童年的味道；还有慕名而来的游客……最高兴的是小孩子，他们跟在舞龙队后面，一边看，一边玩，有时放一放鞭炮，乐而忘返。当地村民和当地村民的亲朋好友、归家游子、游客纷纷与稻草龙合影，与舞稻草龙人留念，沾沾喜气保平安。如果亲朋好友、游客第一次来，日后肯定会再来。

过去，舞稻草龙上演后，舞稻草龙队开始从就近住户拜访村民，每到一户，舞稻草龙队都要烧香拜灶神，先对着人家正大门拜三下，然后到灶神前拜三下。接着，主人把准备好的红包放到木盒夹里，意味着大吉大利。这就是客家人请龙灯"参灶"。

每年正月十四晚，汝湖镇的舞稻草龙活动上演。舞龙过程中，"请龙""舞龙""送龙"3 个环节要在同一天完成。

舞完之后，要将草龙火化，草灰弃入江河，寓意是带走"晦气"。在村民的心目中，龙是离不开水的，让它回到"龙潭"老家，祈求来年又是一个五谷丰登、六畜兴旺的好年头。

2015 年汝湖舞草龙入选惠州市市级非物质文化遗产名录。但是不久后，第一项目传承人陈流民与世长辞。作为新一代舞稻草龙的传承人代表，陈玉祥带领由陈动华、陈玉周、陈永汉、陈永福、陈立祥、陈叶忠、张伟国、陈远盛、陈照明、陈春新、陈瑞强等师傅组成的团队，聚成一团火，尊重、保护、传承优秀的传统文化——舞稻草龙。

汝湖稻草龙舞起来！

要传承，就要从娃娃抓起。惠城区汝湖镇以"弘扬传统　传承匠心"为主题，开展了非遗项目进校园的一系列展演活动。2019 年 11 月 15 日下午，非遗项目舞草龙走进了汝湖镇长湖小学，为全校师生带来了一场精彩的表演。这次活动不仅丰富了汝湖镇学生的校园文化生活，还对汝湖镇的优秀传统文化进行了传承、发扬。陈玉祥舞稻草龙团队，守正创新，与时俱进，进学校、进课堂，让师生认识锣鼓，了解舞稻草龙的历史，并传授编织稻草龙、舞稻草龙的知识和技能。垃圾般的稻草，在师傅们的巧手下，织成稻草龙，这极大激发了孩子们的兴趣，纷纷自己动手织起来。为弘扬和传承优秀传统文化，营造良好的校园文化艺术氛围，汝湖长湖小学等学校成为舞稻草龙教育传承基地，舞稻草龙成为学校的乡土教材。孩子们用炽热的爱，给舞稻草龙注入光明和希望！如此深厚，又如此青春。

尘雾之微，补益山海；萤烛末光，增辉日月。中华民族优秀文化的传承，就是依靠千千万万像陈玉祥团队那样不懈奋斗的传承人。乡村振兴，离不开文化振兴。在平凡中创造非凡，在传承中成就梦想。汝湖的舞稻草龙活跃在惠州乡村振兴的大舞台上，并一举夺得惠州站第一名，为汝湖镇政府的文化振兴赢得五万元的资金扶持。汝湖上围村舞稻草龙民俗已经被列入惠州市第六批非物质文化遗产名录。

时光不老，创造芳华，不负流年，珍惜当下，传承如初，不畏将来。今天，编织稻草龙、舞稻草龙、看舞稻草龙，保护和传承这个民俗文化，留住乡愁，记得住乡愁。

汝湖稻草龙舞起来！

汝湖地肥水美人勤劳，稻草龙舞了数百年，东江渔歌又传唱了数百年。传统文化根植于我们的生活，持续绽放魅力，唤醒更多人的喜爱。文化自信和文化自觉都包括尊重传统文化。历史文化的滋养，既在思接千载的历史回眸之中，又在可感、可知、可参与的切身体验之中。以前是给舞稻草龙插香，现在是给稻草龙安装上了 LED 灯灯饰，传统与先进科技不断交织融合，观赏性更强，安全性更优，环保意识更浓。赓续历史文化传统，记得住乡愁，坚持创造性转化、创新性发展，使之适合于我们现代人的生活方式，是传统文化发展的必要途径。让非物质文化遗产世世代代传承下去，发扬光大，朝气蓬勃，人气不减，年复一年，循环不息，活力不息。汝湖稻草龙舞起来！为乡邻、为后代留下更多的、美丽的传统文化。

# 打开南风窗看汝湖

## ——美丽乡村汝湖镇纪行

绿　梦





风，一阵立秋刚过从汝湖大地吹过的南风，带着夏日青草树木的繁盛，挟着稻田禾苗的绿意盎然，裹着惠州市作协会员的潇洒才情，在夏秋之交轻轻地吹着。南风吹过的地方，徐徐向我们打开了一扇扇窗，窗外是上围村的舞稻草龙展演，稻田晚宴彩虹与星空的独特构想令人惊奇；窗外是围仔村垃圾分类带来的洁净空气，是乡村统一规划建设带来的井然有序；窗外是南新村糖蜜谷的甜蜜生活，真君宫的袅袅香火；窗外还是仍图猪皮的美食浸润，仁英围古老城墙留下的智慧与英勇——透过这南风窗，我们见证了一个活泼、美丽、文化底蕴深厚的汝湖镇，她在四百多年的南方大地上悄悄崛起、振兴。

惠州市市级非物质文化遗产——舞草龙的新一代传承人陈玉祥，正谦逊、朴素地诉说着其先祖于四百多年前从福建迁到汝湖，在这片土地上繁衍生息的故事。故事带我们走进一个民风淳朴、敬畏天神的村庄，炎黄子孙五千多年对天神的敬畏和虔诚通过舞稻草龙的方式在这里传承。

稻秆是农家最亲切的爱物，它用农人施肥、杀虫流下的汗水浇灌，它凝结着人们对粮食丰收的寄望，它还是农家的柴草，乡村袅袅炊烟的缔造者。龙是中华民族的爱物，我们自称龙的传人。舞龙，就是我们在表达对祖先的崇拜和对神灵的尊敬。用秋收后的稻秆扎草龙，就像养蚕人用自己家蚕吐的丝线做成绫罗绸缎一样，充满对劳动的颂扬。一根根稻秆扎起的稻草龙，并没有华丽的外饰，它有的是人们熟悉的稻秆味，有的是人们对五谷丰登的憧憬。用稻秆扎成的龙栩栩如生，挑选十位身强力壮的男人用竹叉把稻草龙撑起，一条象征着吉祥，能够避邪、消灾、保平安的神龙便在汝湖镇上围村的房檐屋舍间舞动起来了。从正月初一到元宵节，家家户户都烧香迎接神龙的到来。瞧，舞龙队身穿绚丽的衣服，头戴喜庆的帽子，用充满力量的双臂把稻草龙舞动起来。龙头时而贴地徐行，时而仰天疾飞，姿态万千地舞动着。舞动的不只是稻草龙，更是人们对六畜兴旺、五谷丰登的如意生活的盼望。从古到今，人们在舞稻草龙的传承中，表达着农人心中对劳动创造美好生活的坚定信念。

舞稻草龙，池塘架起彩虹桥，拥有星空与彩虹的稻田晚宴，都是人们怀着对乡村的热爱所绘制的蓝图。走在彩虹桥上，看着上围村绿油油的稻田，我想，人们正在用热爱为子孙后代描绘诗情画意的乡村童年，让孩子们可以脚踏实地，仰望星空。

如果说上围村的南风里带着稻草的芬芳，那么围仔村的空气中就带着洁净的清新。全村布设视频监控以监督垃圾分类的执行，全村整体规划建设打造社会主义新农村的步伐展现了乡村党政工作的前瞻性，每幢楼房的布局和设计都留下了人民群众的脚印和慧思。村党群服务中心的宣传墙、村民的运动场地，都昭示着一个美丽、健康、紧跟时代步伐的新农村正在成长和发展。

我们穿行在汝湖镇的自然村，坐在车上往外看，茂密的树林、广阔的田野、低矮的山地，把村庄紧紧地拥在绿色的怀里。

往东江边走，就走进了离东江只有不到一公里的省级文明村——南新村。南风和畅，空气里似乎还飘着南新村糖厂做糖的甜味。抚摸着做糖人的铜像，仰望昔日糖厂高耸入云的烟囱，农家人勤劳、好客的民风在这里彰显。寻着糖厂遗址糖蜜谷的做糖六步法，我似乎看到了一代代的村民们，用自己勤劳的双手创造美好生活的图景。在这个什么都唾手可得的物质繁荣的时代里，老一辈人喜欢自力更生，用双手去创造生活的精神是否应该得到更好的颂扬呢？糖蜜谷后面，是“医灵大帝”孙思邈执卷静坐、抚须思考的思邈园。园子里，草木葱茏，一口老井上架着一个偌大的轱辘，仿佛带着我们穿越时空回到过去的岁月，回到那段人们在井口上把水一桶桶摇上来的日子。人们耕种回来，就到井边取水，在井边说着家常，聊着乡亲们的近况，他们不会忘记和乡亲共饮一井水的生活。就是这口井，人们懂得了什么是乡亲，懂得了宗族的团结。今天井沿上题着“饮水思源”，提醒人们喝水不忘挖井人，提醒村民们不忘祖先的遗德，建设德尚之洲。虽然过去喝的井水已经被自来水代替了，但是，生活的美好变迁，不都源于前人生活智慧的启发和对优良传统的继承和发展吗？

离思邈园不远就是真君宫。真君宫里面供奉着的是“药王”孙思邈。据说仍中村和南新村村民从福建迁居到汝湖，水土不服，是当地一位医生用孙思邈的《千金方》治愈了林姓、陈姓村民的病，使林氏、陈氏族人得以久居于此，并生生不息。这位医生去世后，当地村民为了纪念他，就称他为“医灵大帝”。这位医生虽不是孙思邈，但是他借用孙思邈的药方，仁心济世，便是人们心中的“医灵大帝”。为了把医者的仁心仁术和孙思邈《千金方》的医学价值传承下来，每逢元宵节，林陈两姓的人都会身穿布袍褂，头戴圆顶帽，把“医灵大帝”请出来，坐在花轿上，由汉子抬着到村子里巡游。这种不忘先人恩典的隆重仪式，不仅表现了村民们对祖先的尊敬，也表现着他们对生命的敬重。山高人为峰，心怀苍生，用仁心医治世人，才能得到万世景仰和世人虔诚的跪拜。我想，真君宫对面的瀛洲戏台，一定在用另外一种方式传唱着这片土地上留下的动人故事吧。

穿过底部用红砂石筑就的题着“仁英围”三个字的拱门，我们走进了一座明代的古围村。手指轻抚老去的城墙，轻掠残垣上的青苔，空气中弥漫着一种久经岁月的沧桑。那一触即碎的纱帐，似用一种独特的方式诉说着之前已有人居住的真相。兴亡交替，姓氏繁衍，人类生生不息。北门上方供奉的关帝和那些用沙石、糯米筑起的围墙，似乎在讲述一个与战争有关的英雄故事。沙墙风化，轻触即掉，那紧闭的一扇扇小门，也似一个个久远的故事。而林氏宗祠墙上贴着的关于奖励考上大学本科的同姓宗亲的告示，如此鲜活，或许远离旧生活才能拥有新生活，这是历史给人们的忠告。每个时代都需要英雄，但每个时代的英雄都有不同。或保家卫国，或仁心济世，或扶贫济困，英雄唱响的一定是那个时代的主旋律。

在这乡村振兴的主旋律里，我们看到了汝湖人民心中的信仰，看到他们心中对“我从哪里来”的深刻认知，更看到了在新时代下，他们要到哪里去的清晰方向。守住人民心中的精神家园，做好人文古迹的保护和传承，做好生态农业的项目发展，打造人文与生态并行的美丽、活力、健康的新农村，或许就是乡村的文化振兴、经济振兴、生态振兴吧？

站在东江河畔古码头，汝湖镇乡村振兴的南风从江面吹遍汝湖大地的每个角落。汝湖人从福建迁居至此的水路依然清晰美丽。在这片神奇的土地上，民俗与新时代思想交汇，精神文明的传承与发展在这相融。借着这南风，乘着记忆的翅膀，我用眼睛见证、描摹着这美丽的乡村，用诗情画意的田园风光，改写着我那久远的乡村童年。

# 临水北望疑似汝湖人

唐丽萍





故乡，是回不去的乡愁。乡愁，宛如一坛陈年老酒，愈久弥浓，容易上头。铁路人对此有非常深刻的体验和感触。

我是湖南人，喝湘江水长大。咱家从父辈开始就远离故土，随铁路建设发展，天南地北，随处挪窝，习惯把乡愁摁在心底，百转千回，挠心挠肺。常常梦里不知身是客，总把他乡当故乡。

1993 年夏天，我告别父母，满怀激情加入沿海铁路建设大军，乘一趟绿皮车来到改革开放的前沿城市——惠州，尽情地挥洒青春和汗水。

弹指一挥，三十年过去了，京九线、厦深线、赣深线陆续开通，火车一路呼啸，穿城而过。不知不觉，我已经接近退休年龄。

前思后想，我倾尽一生积蓄，在江北“金世界”花园购置了一套住房，临水而居，打算把这里作为自己最后的栖息地。不为别的，就因为这是一个闹中求静的好地方。

站在小区高楼放眼北望，东江如练，沿岸是惠州市最大的城乡接合部，素有“东江商埠”之美誉的岭南小镇——汝湖镇。它很像我的老家长沙县黄花镇，因为开发较晚，原生态环境没有被破坏，碧野桑田，芦花飞扬，鹭鸟竞舞，渔歌唱晚，风景宜人，带给人亲切，自然，淳朴，真实的感觉。

夏夜来临，江风拂面，空气特别清新，耳边不时会飘过来几声蛙声和虫鸣，如同天籁。我常常忍不住掩门出去，上江堤散步，看夜景，数星星，观垂钓，十分惬意。

到了周末，驱车穿过隆生大桥，沿江北上，进入 201 县道，可以去镇上赶集。当然，如果不是急性子，不介意等红绿灯，选择惠民大道，悠悠哉哉，一直前行，不用 20 分钟就能到达。

赶上圩日，集市上人头簇拥，鸡鸣鸭欢，热闹非凡。当地村民纷纷放下农事，拿出各种土特产，就地摆摊兜售。普通话和客家话混在一起，表情加手势，交流不是问题，而且价钱公道，童叟无欺。

我这里逛逛，那里看看，专门挑选那些没有浸泡过隔夜水的本地当季果蔬，有的看起来歪瓜裂枣，有的茎叶上还有蜗牛在蠕动，虽然卖相不佳，但吃起来原汁原味，是正宗的农家菜。

徜徉集市，选购食材，同时我也在脑海中努力寻找儿时家乡的印记和碎片。四周弥漫着五谷芬芳，那些记忆时而清晰，又时而模糊。脚下土地的温润与馈赠，让我淡忘了背井离乡的伤感和惆怅，沉浸在异乡风情里。

其实，喜欢做山水梦的人不止我一个，有很多同事在汝湖境内的“江湾南岸”“摩卡小镇”和“星河传奇”等小区买房安家。一个住在“雅居乐·白鹭湖”的同事告诉我，他家房前屋后都是湖光山色，鸟语花香，景色美如水墨画。每天生活在氧吧，餐餐都是农家菜，潇洒又自在，快活似神仙，简直是世外桃源。

是呀，咱们铁路人胸怀天下走四方，看地方最有眼力。汝湖是一块风水宝地，来了，就不想走了！

说来也巧，今年 4 月 23 日，我应邀去汝湖镇参加惠州市作协主席陈雪的长篇历史小说《丁未惠州》的改稿会。

8 月 14 日，又参加了惠州市乡村振兴驻汝湖镇帮镇扶村“讲好汝湖故事，赋能乡村振兴”采风活动，听镇领导和村干部介绍汝湖的自然、人文、历史、经济和振兴发展战略，实地参观辖区五个精品村，与村民们在田间地头零距离接触。

这两次活动的信息量很大，完全超出我的认知范围，有一种囫囵吞枣难以消化的感觉，发觉自己如井底之蛙，格局都没有打开，深陷俗世生活的小情调，对汝湖的认识是片面的，肤浅的，单薄的。

于是，我像一个饥渴的学生，开始恶补功课，上网搜索，下载资料，深入解读汝湖的前世今生、地理环境、农基建设、客家风情、文旅资源和发展前景。很快，一个立体的、丰满的、充满活力的汝湖在我眼前展现……

从区域版图来看，汝湖镇位于惠州江北丘陵地区，东江中游西岸，面积 157 平方公里，下辖 27 个村（社区）。镇区外围有 38 公里的江岸线，其中 25 公里是惠州境内最长最美的沿江绿道。乍看，汝湖镇形如一只大鸟趴在山水间孵育新生命。而我，正好住在它的翅膀底下。

汝湖不仅山清水秀宜居宜游，而且具有厚重的历史积淀与开发潜质。它是惠州的城市“后花园”，也是惠州风光的微缩版，借用“半成山色半成湖”这句诗来形容它，一点都不为过。我觉得，看惠州应该先看汝湖，搞投资首选汝湖。

**千年底蕴**。大家都知道，惠州得名“鹅城”，源于仙人骑木鹅飞升化作山岭，留下西湖，成为佳话。同样，汝湖也有一个美丽的传说。很久以前，天上七位仙女下凡游玩，发现东江之畔风景迷人，个个流连忘返。天帝闻讯怒发冲冠，派天兵神将前来捉拿，七个仙女都很任性，扑地而亡，化身为七个清澈如镜的湖泊。斗转星移，沧海桑田，后人把这几个湖称作“七女湖”，充满浪漫色彩。据说，现在的“下围村”是仙女衣裙飘落下来的地方。天将失职不敢复天命，一头撞在石山上，凹陷处叫“石窝村”。他的躯体化作山岭，便有了“葛岭村”。他的武器钢鞭掉在仍图，后来开采出铁矿石，变成了“仍图铁矿场”。

**历史烽烟**。汝湖镇距今已有 800 年的历史，始建于宋朝。镇中心有一棵 500 年的参天老榕树，树冠遮天蔽日，虬枝垂下无数根须，年年岁岁落地生根，长成新的树干，齐心合力抗风雨。老榕树下有一座上庙，香火不断。辛亥革命之前孙中山先生领导的反清武装斗争七女湖起义，亦称“丁未惠州七女湖之役”，就是从这里发起的。它昭示了劳苦大众奋起反抗剥削阶级的决心和力量，革命党人邓子瑜、陈纯、林旺、孙稳的名字和传奇故事，至今被人们传颂。惠州市作协主席陈雪所著《丁未惠州》对这段历史有详尽记载，值得一读。

**文化遗珠**。现在，汝湖境内保留了许多古建筑，飞檐翘角，雕梁画栋，高墙炮眼，斑斓壁画，八角古井，还有凹凸不平的青石板小径。经过时间一次次冲刷，上面布满绿茵茵的青苔，石头夹缝处生长出倔强的蕨草。我们可以想象到，热爱生活、崇尚自然的客家疍民是多么富有想象力和仪式感。

龙，是中华民族的图腾和象征。每年正月初一、元宵节夜，或者遇到大旱大涝，汝湖百姓会按照先祖从福建带过来的习俗，用稻草、竹条、竹片、竹竿、蜡烛等编扎草龙，在锣鼓、鞭炮、喝彩声中，一路奔走，一路舞动，以求驱灾降瑞，祈愿风调雨顺、谷物丰登、祥和吉祥。在上围村文化站，我见到一条草龙有十多米长，样子栩栩如生。

渔歌，是汝湖渔民生活的集体记忆。客家阿婆“咿咿呀呀”用惠州方言传唱渔歌，手之，舞之，足之，蹈之，每一个音符、每一句歌词、每一个神态和每一个动作，都在重构疍民水上生活的历史。汝湖渔歌和湘江船歌一样，是一个族群勤劳与智慧的结晶，是民歌中的瑰宝。

**仍图美食**。提起仍图，我首先想到的是美食——酿猪皮。

酿猪皮在城区大小市场都有，我一直以为是用油炸猪皮包裹起来的肉饼。朋友带我去横沥吃汤粉，配料里就有它。我尝一块，鲜、香、嫩、滑，口味独特。临走前买了几块带回家，八十岁的老母亲吃了连声说：“好，真好吃。”

这回在汝湖“幸福院子”私房菜馆又吃到酿猪皮，我才得知“横沥汤粉来自仍图，酿猪皮属仍图最正宗”！酿猪皮起源于20世纪40年代，是仍图人陈德旦率先研制出来。因为当时百姓生活水平差，一年难得吃到一回猪肉，南方天气炎热，猪肉不好储存，陈德旦就把猪皮和肉馅加工制作成酿猪皮这道菜，解决了难题。后来，酿猪皮传到千家万户，不断改进，发展成一道传统美食，在东江地区名声大噪。

**乡村振兴**。过去，汝湖人感恩孙思邈著《千金方》拯救苍生，尊他为“医灵大帝”，为他建造真君宫，塑金身，焚香祭拜，永世供奉。

如今，汝湖人的日子锦上添花，他们大力发展新兴产业，用实际行动促进乡村振兴，剑指一流城乡融合发展示范镇。

村民自筹资金奖励汝湖子弟一流大学，助力他们早日成才。镇政府筑巢引凤，广纳八方人才，形成外资、个体、民营、集体“四轮马车”齐驱并进的发展新格局。他们深知绿水青山就是金山银山，科学规划保护区、生态林和种植区，率先推出“甜玉米之乡”，精心打造“一村一品”具有岭南特色的文旅项目，建设以万亩花海、水景、湿地、果园、田园和古村落为主题的生态园。

相信不久的将来，汝湖一定会欣欣向荣，成为人们创业、旅游、购物、休闲、度假的天堂！

写到这里，我已经忘记自己是异乡人，由衷地感慨，汝湖人是幸福的，在汝湖定居的人是幸运的。我愿意做新时代的汝湖客家人，为汝湖的腾飞尽一份微薄的力量！

# 药王遗事在汝湖

谢栋宇

2022年立秋刚过六天，我参加了惠州市作家协会组织的“讲好汝湖故事，赋能乡村振兴”采风创作活动。刚入秋的太阳，把大地烤得喷火冒烟。我们坐着空调大巴，行进在汝湖镇的乡间道路上，追溯历史的痕迹，探寻现实的人文特色，寻找田野的希望，游览风土人情，感受乡村振兴成果……

下午两点多，大巴在仍图真君宫对面的空地停下。一下车，我就拜谒了端坐在石凳子上的药王孙思邈。我从小学中医，去山野、田头采药，对药王很熟悉，但没想到在这乡村见到了药王的塑像。塑像前面有一块好像打开平展的书本形状的银灰色碑石，碑石上的文字告诉了我们药王与仍图村民的渊源。

看完碑上的文字，我接着把目光投向药王塑像背后的碑刻群像，碑墙上中华民族的医药始祖伏羲、炎帝、黄帝赫然在目。炎帝是传说中远古时代教民种植五谷、寻找草药的神农氏，他遍尝百草，最后在尝服断肠草时中毒而死，他以一己的牺牲，换来了族人的生存；黄帝著有医书《黄帝内经》，岐伯与黄帝研究中医，合称岐黄。岐伯、张仲景、华佗、孙思邈、朱丹溪、李时珍、叶天士等名医灿若群星。

碑墙前面有一口井，井身书“饮水思源”四个行书大字。

孙思邈是中华民族的药王之一，汝湖仍图村民怎么就为他而不是为别的药王建了真君宫呢?

综合书本形状石碑上的文字记录与民间传说，较为一致的说法是：

汝湖仍中村陈姓村民、南新村林姓村民，在明末清初因战乱从福建迁往惠州，路上多生疾病，三百多人中，就有二百多人染上疾病，躺在地上等死。两村中虽有医生，但他们也对疾病毫无办法。村民们跪在地上，祈求上天救济，希望奇迹发生。村民们的哭声、喊声、祈祷声感动了上天。这时，一位身穿粗布衣、腰挂葫芦的老者仿佛从天而降，来到他们身边。老者慈眉善目，童颜鹤发，仙风道骨，向他们询问病情，给病患者把脉，没几分钟，老者就知道了他们的病症。老者吩咐他们用树枝燃起三十堆火，每堆火旁平均安排病人，没病的人将竹竿投入火堆。一时间，竹竿爆出啪啪声响，火光冲天，火堆旁的病人都被烤得大汗淋漓，浑身发烫。老者说，你们每天早起长途赶路，患了伤寒，邪气已侵入皮肤里，今日烤出寒气，还须服用藜芦丸，驱赶邪气，微微吐出后才能痊愈。老者写出藜芦丸的药方，林氏族人里的林医生接过一看有点吃惊：藜芦、附子各一两。两种药都是有毒的，用一两的量？忙把药方递给陈氏族人的陈医生看，陈医生说：“这不是药王《千金方》里的药方吗？”老者说：“正是，但服无妨。还有大承气汤、生地黄汤、抵当丸，加减吃去，因人定方，无有不愈。”陈林两位医生连忙抓药研末制丸。老者给两村人治了一个多月，陈、林两医生就一直给老者打下手。村民的病治得差不多了，但生怕复发或发生意外情况，两村的族长跪求老者陪同村民南下，征得老者同意后，雇了一乘轿子给老者坐。进入广东后，时值金秋十月，所有染病的村民都恢复了健康，生龙活虎的。老者在一个皓月当空的晚上不辞而别，他在临时居住的小屋内留下了四句偈语：

家住真君宫，医术显灵通。吴夲本我孙，祭祀打醮中。

谁家住真君宫？历史上有孙真人庙，真君就是孙真人。吴夲是什么人？两位族长知道吴夲的来历：生于北宋时期的福建路泉州府，是有名的神医，去世后被朝廷追封为“大道真人”“保生大帝”。如果吴夲姓孙，就可能是孙思邈的裔孙，如果吴夲不姓孙，就应该是孙思邈的多少代徒孙。老者给村民治病的几种药方，都是《千金方》中的名方，药王显灵通啊！这偈语告诉村民，为他们治病的是药王孙思邈。

孙思邈是个什么样的人？他在公元581年出生，时值隋初，少时“敏而好学”，没有立志做“良相”，却立志做“良医”。他不仅是著名的医师，也是道士，是中国乃至世界著名的医学家和药物学家，被誉为药王。其一生著书80余部，除了《千金要方》（简称《千金方》）、《千金翼方》外，还著有《老子注》《庄子注》《枕中素书》《会三教论》《福禄论》等书。

孙思邈连皇帝的封官、赏赐都不要，怎么会要求被他治好病的村民世世代代为他“祭祀打醮中”？药王为汝湖村民治病，这本身就是个传说，药王早已升仙一千多年，讨论偈语的真假，并无意义。假定偈语是孙思邈所留，恐怕他的本意并不是要两村村民永远记住他，而是要村民通过祭祀、打醮的形式记住并传承中华医学。

不管对偈语怎么理解，有没有参透其真意，位于仍图南新村村委会大品埔附近的真君宫建起来了，因为孙思邈“医术显灵通”，就称他为“医灵大帝”，虔诚供奉着。

真君宫的左边是文昌宫，供奉文昌帝君。文昌帝君是中国民间极有影响的道教大神，被尊奉为主宰人间功名利禄的神。后来，右边增设慈惠宫，供奉观音菩萨。观音菩萨早已成佛，为了普度众生还是以菩萨身示人，是首席菩萨。文昌宫、慈惠宫左右对称，规模均不大。从正面一看就知，真君宫是主宫殿。仍图民众知恩图报，奉“医灵大帝”为尊，想要读书聪明、科考及第、富贵荣华、光宗耀祖，首先要有好的身体，否则无从谈起。

真君宫的斜对面是“瀛图真君宫石戏台”，有了戏台，祭祀打醮时就热闹非凡了，陈、林两姓族人请来的剧团会在戏台上连续表演三天节目。

正月十二日，真君宫祭祀活动就开始了，十五日巡游，八位男丁把“医灵大帝”副身抬上花轿，另有四位男丁把福德公抬上花轿。各色人等组成游行队伍。上午九点开始，放烟花、响鞭炮，敲锣打鼓，人声鼎沸，欢呼祝福，彩旗飘扬，场面非常壮观。“医灵大帝”途经各大祠堂时，停下花轿来给善男信女朝拜，道士则每到一处都要念祝祷文，祈求神明保佑各家各户丁财两旺、阖家平安。

三百多年来，被药王救活的陈、林两姓后裔，年复一年地祭祀“医灵大帝”，饮水思源，不忘药王恩情，这是有良心、有希望的民众，他们表现了尊重医生、崇尚医德的现代文明。

查古书《玉匣记》记载，正月初三是“孙真人圣诞”，四月二十八日是“药王圣诞”（“圣诞”是指佛、道、民间神的生日），孙真人与药王是同一人，唐德宗时已被朝廷与道家尊为孙真人，宋徽宗追封他为“妙应真人”，民间尊为“药王”。我们弄不清哪个才是孙思邈的真正生日，但不妨择其一或两个生日，去祭祀药王，以纪念医圣。道教以四月二十八日为孙思邈的生日，并举行隆重祭祀。

在采风的过程中，我发现周围村子的树木、灌木和草本植物都长势良好，这里的水土适合种植中草药，这里完全可以开辟成药王种植场，振兴乡村经济，造福人民。

这里尊医重药（中药）的风气良好，如果政府把中医大学或是中医培训基地办在这里，将是不错的选择。

临走时，我发现真君宫地在下午四时多就关了宫门，我知道过午不祭的不成文规矩，但这不妨碍我站在宫前合掌低眉心祭药王。我喜欢学习中医、中草药，从伏羲、神农氏、黄帝等中华民族医药始祖到孙思邈及后世中医圣贤，都是我的老师。药王不但是著述丰富、医术高超的一代宗师，还把宝贵的医学著作、高超医术留给人间。我在心祭他的同时，也祈祷他保佑我身体健康，为我祛病延寿。

一个小小心愿在我心里产生，我该写篇文章，纪念诞生了一千多年的药王孙思邈。

我向扎根在惠州汝湖大地的药王临别一揖，便转身走向大巴……

# 寻芳千花洲

张如萍

地名和人名一样，有着未见其人先闻其名的效果。

“汝湖镇”，是广东惠州的一个镇名，乍一听，有水有女，柔和的美好就在眼前了，再后缀一个“千花洲”，几乎是一份拥挤的美丽了。

才去过东莞松山湖的“梦幻百花洲”，对惠州汝湖镇“千花洲度假区”就已心存一种别样的向往了。

## 一

踏进景区，一条小街，各种彩灯悬挂头顶，有零星几家小店在营业，有的还在招商，明明白白地显示这是新开发的景区。一边听着节奏欢快的歌曲，一边进入由人造树根搭建的圆弧门，门口四只可爱的小兔迎接着我们，这样的千花洲，和想象中不大相同。

一截木栈道，两侧路边，一只只鹅黄色蝴蝶在细碎的花丛中翩跹，我小心翼翼地迈步，生怕双脚会惊飞这些可爱的精灵。雨后的夏日，微风拂面，我步履轻巧地一路前行。站在蝴蝶桥上，只见一座不锈钢大型蝴蝶雕塑唯我独尊地挺立在迎面水域上，引得游人驻足观赏拍照。颇感温馨的是，许多人行路面均被人造绿色草坪覆盖，不仅增加了游客脚下的舒适度，而且提升了景区的美观度。拾级而上，一面挂着几十个红灯笼的屏风，欢欣鼓舞地引领我走上观景台。

登上观景台，眼睛有点不够用了。也许还不到百花盛开的时节，与“百花洲”是花的海洋相比，眼前的千花洲几乎是绿色的国度。景区正中心有一个用草坪构建的八卦图，昭示着古人天地乾坤、阴阳和谐、万物自然生长的智慧；一棵硕大苍翠的秋枫，定海神针一样矗立中间，四周的花木更是层层叠翠，围绕着秋枫膜拜。黄金叶、红花檵木、黄榕、小叶女贞、非洲茉莉等花木，修剪得像一个个圆乎乎的脑袋，连片成球形花海，由低向高，由近及远，似一堆堆的蘑菇云竞相比拼谁的秀发更美。

路边芒果树上已经一嘟噜一嘟噜结满了青涩果实，正警惕地注视着过往的行人。前方一个滑草的儿童游乐区，五颜六色的滑道在陡坡上镶嵌，不难想象，假期时刻，这里定会盛满孩子们的欢声笑语。几步之遥，一畦畦玫红色的月季花开得让人心醉，远处一丛黄色的月季，和玫红的艳丽相比，显得有点清淡，但同样不失芳韵。

一个下坡路，我禁不住欢呼：太美了！无数粉红、湖蓝、鹅黄、果绿、淡紫、橘红等各色花伞，排列整齐地搭建了一条梦幻般的圆弧形通道，置身其中，有江南水乡的韵致，如果身穿旗袍、手握书册，是否有一股古典风韵在律动？通道两边的卡通标识牌，让我知道这里种植有鲁冰花、碧桃、宫粉紫荆等花木和莲雾、龙眼、荔枝、番石榴等果木……不禁恍惚：这里是千花洲，还是百果园？

## 二

依依不舍从花伞通道里移步而出，口渴了，我来到一只变色龙造型的便利店，黄鼻子、粉鼻尖、绿身子、花尾巴，设计感十足，又实用，又有趣，正是绿色现代的生活方式，随手一拍，也是一道独特的风景。沿着道路前行，一排排正在生长期的树木像少年一样朝气袭人，奇妙的是，树与树间牵连着一条长长的线，线中间有无数小孔在持续喷洒出白雾。浪漫的游客说：这是为了营造梦幻般的仙境，吸引游客；务实的游客说：这是在喷洒农药，让树木不被病虫害侵扰。我上前找人询问，才知是用来降温的水汽。后来，又看见景区多处有SOS紧急呼叫装置，还在大路边发现了一个用石盆做的洗手池，让人在细微处感受到，汝湖镇打造的这个度假区，从里到外，透着水一样的柔情，有着妈妈一样的贴心。

来不及抒发更多的感慨，眼前清幽的一大片湖水，数十朵人造紫色莲花优雅地漂浮在水面上，岸边紫一层、粉一层的鲜花，由高到低，环绕着湖水，水依着花，花望着水，应节而荣，随序而枯，只有它们能告诉你生命的真相：繁华极致必衰，枯萎过后重茂，在一枯一荣中，生命就这么无声地唱着绵延的恋歌。

景区里，除了常有的综艺表演、亲子越野卡丁车等娱乐项目，最让我意外的是邂逅了一大片向日葵。因为是下午时光，此时它们正向着偏西的方向，随着清风摇曳，迎着夕阳微笑。向日葵还没有长大，脸盘还很小，小到只有小碟子那么大，上面密匝匝布满一个个棕黑色的小点点，那就是未来颗颗饱满的葵花籽啊。俗话说，花木管时令，此时的向日葵，还羞答答的，再过几个月，就能孕育出盘盘饱满的果实了。





## 三

如果说向日葵带给我的是意外的惊喜，那么道路旁浓密的竹林就是笼罩在身边的雅致了。竹子是那种叶薄而繁茂的方竹，秀秀美美的，每一根都那么娇柔纤细，团结起来也同样具有夺人的气势。我从竹韵小门踏上了一条小径，踩着一块块石板，在林中穿梭，降温的水雾，如一团团曼妙的白云在脚底和林间萦绕，林间时不时有清脆的鸟鸣，像吹奏着欢快的音符，林子里还有竹子扎成的小帐篷，配上竹桌、竹椅，小憩片刻，有一种闲云野鹤般的自在。

我从小在西北长大，从未见过如此盛大的竹林景象，这竹子色泽脆脆嫩嫩的，纯真得有种动人的力量，美得那么谦虚低调，散发着闲闲淡淡的富贵，舒展着清清爽爽的风致。走在大道上，它在两边就那么安安静静相伴相随，真的能让人在一吸一呼中，享受大自然宁静而舒适的馈赠。也许是竹林和周边绿植太多太茂密了，氧气充足得让人有种微醺的感觉，脑海中突然闪出李清照那句“沉醉不知归路”。在清风竹韵的陪伴下，我走出了景区。

寻芳千花洲，因时间紧张，我们不能阅尽其白日芳华，也没有等到夜幕来临去享受一场大湾区水陆双栖沉浸式花海主题光影夜游。听去过的朋友说，当夜幕降临，整个千花洲都会被灯光与繁花点亮，霓虹闪烁，光影交织，恰似一幅浪漫的夜景画卷，宛若一个美丽的童话世界。夜幕下，你可以欣赏到精彩的音乐喷泉，如果运气好，还可以观赏舞台演出和音乐会，更有烤串、糖葫芦、糯米糍等特色小吃等待你品尝……

虽然有点遗憾，但千花洲还是让我隐隐生出一份感怀：大地无言，却滋养万物生长，是人类需要感怀不尽的；花木无声，却奉献最美姿容和甘甜果实，也是人类需要感怀不尽的。花，开给来来往往的人流，也开给自己；取悦众人，更取悦自己。我们在这里和许多陌生人擦肩而过，随后各奔东西，留下的，仍然是这方天地里的自然之美，文化之美，和谐之美。

# 龙吟震四海，非遗助振兴

## ——龙形拳宗师林耀桂故乡振兴侧记

曾　尧





作为岭南拳术的一大流派，龙形拳于19世纪末由“东江老虎”林耀桂始创。时至今日，龙形拳流传于东江、珠三角、港澳地区及海外二十多个国家，弟子达十余万人，风靡全球。2009年，龙形拳入选广东省非物质文化遗产名录。

根据《惠州民俗》记载，林耀桂为仍图福佬人，6岁起就随父亲林庆元、伯父林合学习林家拳术，并随父在东江、西枝江一带设馆教徒，自小表现出很高的武学天分并声震江湖；22岁投罗浮山大玉禅师门下数年，获少林龙形功夫真传；出师后，正式在惠州设馆授徒。

辛亥革命以后，林耀桂在广州设馆授徒，先后被聘为燕塘军校卫士营、广州保安队的武术教练，第四军军官教导团教官，受邀在两广国术馆、华南国术社、工会部等教授拳术。南北高手多次与林耀桂交手而不敌，东江龙形拳名声大振，林耀桂被称作“东江老虎”“五省拳王”等。1929年，陈济棠主政广东，改组两广国术馆为广州国术协会，续聘林耀桂为主任教师，并建议其创立之拳派取名为“龙形派”，获林耀桂和武术界认可，从此东江龙形拳派宣告创立。

东江龙形拳，与惠东的梁化林氏武馆及林家拳有着深厚的渊源关系。据1948年3月3日的广州《工商晚报》报道，林耀桂每每谈及成就，往往说其拳最早为“家传”之学，即爷爷林德轩、伯父林合、父亲林庆元所传，也提及祖师为黄连矫和广进大师（即大玉禅师）。

东江龙形拳以“龙形摩桥”立世，然后经实战改造，再经后代八十余年的充实和发展，形成了许多不同的拳术套路。以初、中、高级为顺序，主要有十六动、三通过桥、单鞭救主、鹰爪、单刀匹马、碎桥、龙形摩桥、毒蛇舔脷、毒蛇吐气、化劲（极）、立五形、五马归槽、逼步三通等。

惠州武术贯以“东江”之名，历来都是岭南武术界对惠州地区传统武术的通称，例如“东江龙形拳”“东江白眉拳”“东江螳螂拳”等，指的都是惠州传统武术。

近现代是岭南民间武术各种拳派涌起并成就大展的时代。在这个时期，惠州的传统武术占据了相当重要的位置：代表中国“南派武术”最高成就和最高水平的“南方五虎将”，前三虎都是东江拳师；广东的五大名拳洪、刘、蔡、李、莫，源自惠州的占其二；现当代在世界产生较大影响、国际弟子数量稳居前三名的岭南名拳有咏春拳、龙形拳、白眉拳，后两者都是东江拳派，而且都源自惠州惠城区。

龙形拳是国内、国际影响最大的拳种——龙形拳种之一，在穗、惠、港、澳等地，在世界五大洲之中的四大洲中都有着很深的影响，弟子遍布全球，被称为东江龙形拳或龙形派。

东江龙形拳创派人林耀桂，自小随父亲入住梁化人林氏武馆林合家。此时林耀桂的生父林庆元早在林耀桂出生前就已认林合为兄，认林合父亲林德轩为父，俨然一家。若干年后林耀桂创龙形派。林耀桂出道后，再学罗浮山大玉禅师龙形摩桥术多年，逐渐摸索出新龙形摩桥术桥掌系列，风格变化很大，初期无名。20 世纪 20 年代，陈济棠提议取名为“龙形派”，于是才正式有了“龙形拳”的名字，并在中国南部、世界四大洲开枝散叶，成为有国际影响力的拳种。

林耀桂虽已逝世逾 50 周年了，但他始创的龙形拳仍然拥有深远的影响力。虎年初，笔者实地走访林耀桂的故乡——惠州市汝湖镇埔头村，发现当地大力推广倡导练习龙形拳，得到人民群众的青睐。（林耀桂）龙形拳陈列馆筹建工作已就绪，计划年底开工建设，以龙形拳文化助力乡村振兴，掀起习拳之风，非遗再次成为文化名片。

特别是村里的协天宫前，每逢周末，都十分热闹，许多学生和青年在空地练习龙形拳的基本招式，有模有样，成为村里一道亮丽的风景。

埔头村位于惠州汝湖镇，广仍公路穿村而过，田垄起伏，青山碧水，风光优美。当地人文深厚，拥有400多年历史，为明代屯兵而成，也是龙形拳宗师林耀桂的故乡。据埔头村党支部副书记、村委会副主任林悦清介绍，每周村里都会开展龙形拳的公益培训，深受村民、学生欢迎。据不完全统计，当地共有80余人学习龙形拳，20多人基本掌握龙形拳。

21世纪以前，埔头村因地处东江北岸腹地，远离城市，陆路交通不便，东江水路封航之后，农村生活相对封闭传统，村里少人知道龙形拳盛名在外，影响了龙形拳的宣传，龙形拳传承一度衰落。直到2017年，林耀桂嫡孙林国章回到故土，了解到龙形拳传承不足，便到当地有关部门呼吁发扬龙形拳。为此，当地成立了惠城区东江龙形拳文化促进会，开展公益培训，“林国章先生还一度想回村里教学，但后来因故搁置了”。经过村委和镇政府的努力，埔头村重新掀起“龙形拳”之风。

在政府的重视和支持以及东江龙形拳文化促进会的大力推广下，与埔头村相邻的仍中、仍北等村的村民习拳也蔚然成风。早在数十年前，这些村子便有不少村民练拳，代代相传。陈文儒是其中的佼佼者，自小耳濡目染，心中种下了武术梦。但直到18岁，父亲才允许他习拳，“主要是担心我学会去打架，等到高中毕业，才开始让我记口诀、招式”。后来在机缘巧合之下，陈文儒跟随龙形拳第三代传承人林幼诚深入学习。林幼诚是龙形拳体育总会荣誉顾问，在香港师承林耀桂的儿子林焕光。经过学习，陈文儒对龙形拳有了更深入的理解，“学习龙形拳需要一定的时间，越深入越痴迷”。作为第四代龙形拳弟子，在仍图中学当体育老师的陈文儒，还致力于传承发扬龙形拳。据他介绍，仍图中学以龙形拳为特色，先后在乡村学校少年宫、社团设置了校本课程，编制了相关课本。陈文儒每周三下午开课，不少感兴趣的学生还会每天加练一小时。据不完全统计，5年间仍图中学超过300名学生学习龙形拳。经过多年的发展，龙形拳不仅成为学校的特色教学科目，也成为当地一张闪亮名片，参加过市、区各种赛事活动，屡屡获奖。

当我们走进埔头村，来到林耀桂的故居前，就看见了一座二层泥墙砖瓦房，墙上悬挂着林耀桂的肖像，以及“克己让人非我弱，存心守道任他强”的武训门规，屋后为林耀桂当年练武空地，现已被用来种植蔬菜、树木。据介绍，故居及练武场面积共有 300 多平方米。由于常年无人居住，林耀桂故居看起来破败荒凉，但仍有不少龙形拳的爱好者来这里寻宗祭拜，深切缅怀这位武林大师。近年来，当地筹建（林耀桂）龙形拳陈列馆，该项目投入 1000 多万元，于 2022 年底动工。按照规划，整个项目主要分为三大部分：第一，将林耀桂故居西侧、关帝庙广场前村道所围约两千平方米废置民居改造为（林耀桂）龙形拳陈列馆，由展厅、祭拜厅、练功馆等功能部分构成，建成以展览、培训、旅游为主，以文体活动、阅读、会议等为辅的综合性农村文化中心。

第二，将林耀桂的故居和祖居作为有历史文化价值的文物建筑进行保护维修或加建，并邀请市级专家论证，申报相关级别的文保单位。第三，做好周边配套设施，建设公共绿地和停车场。“以龙形拳陈列馆、关帝庙、林氏宗祠等民俗文化建筑为点，辐射全村，带动旅游民宿、民俗活动发展，促进农产品推广销售，推动当地的文化、经济建设。”

当地把龙形拳作为文化振兴的重点进行布局，陆续推进龙形拳文化进校园、进农村。会长林继雄介绍：2020 年开始，从镇、学校、村（居）三个层面，常态化开展龙形拳教学活动。每年 3 月至 5 月期间，辖区内学校派出教师代表参加龙形拳培训班，由陈文儒师傅等人作为教练，教授龙形拳的基本招式。并与距离汝湖镇 20 公里的小金口街道金鸡村英头村民小组共同建设龙形拳传承基地，当地已经形成了较为完整的传承体系和共教共享机制。2010 年，埔头村被确定为“广东省龙形拳传承基地”。

省级非遗传承人林文钦给我们讲述了林耀桂在英头侯王庙前传授龙形拳的故事和该传承龙形的事迹。目前，埔头村研习龙形拳的村民有 100 多人。在这里，几乎每个村民都能讲出一些与龙形拳有关的人名和龙形拳的套路，成年男子还会随时耍几手龙形拳。

龙形拳师林文钦，今年 55 岁，体格健壮，手脚敏捷，精神奕奕，让我们刮目相看。他习拳长达 41 年。20 世纪 80 年代，他跟随林树财师傅学习龙形拳，多年来潜心钻研龙形拳的沿袭和技法。2012 年，他被评为农村高级技师，2013 年被惠州市体育局授予武术套路项目中华人民共和国二级裁判员，2017 年担任惠城区龙形拳协会会长。2020 年，他入选第六批省级非物质文化遗产项目代表性传承人。

我们参观时，林文钦现场随手演示了龙形拳的基本招式，技巧多短打近攻，动作迅速，勇猛，刚劲，有力，同时刚中有柔，灵活多变，身法敏捷。林文钦说，龙形拳的特点在于借力打力，达到“四两拨千斤”的效果。不少口诀都通俗易懂，口口相传，如“有桥桥上走，没桥桥下走”“马步丁不丁八不八”“人不来我不发”等。

近年来，英头公园每周五、周六晚上都会开展龙形拳培训。“只要想学，我们就会教。”林文钦说，经常有湖南等地的人闻声寻来，学上一招半式防身。此外，林文钦还经常受邀到辖区内小学教授龙形拳，这些年来，他所教过的学员至少有 100 多人。虽然忙碌，但他乐此不疲。在林文钦的“耳提面命”之下，女儿林莹痴迷拳术，先后荣获多项武术比赛一等奖，被评为惠州市二级社会体育指导员。一有时间，林莹就陪着父亲到处教龙形拳，梦想“成为龙形拳女师傅，在拳术上有所作为，让非遗传承下去”。

如今，龙形拳在惠州多地传承不息。笔者获悉，惠城区、惠东县、博罗县和龙门县等地的多个林姓村落，都是龙形拳的传承地，且颇有成果。如，龙门龙城街道林村龙形拳远近闻名，从 2006 年至今，村里练龙形拳的年轻人有 100 多人；2010 年，惠东梁化被授予“广东省龙形拳之乡”。

龙形拳派自在惠州创立后，流传于两广，影响华南拳坛，并迅速传到海外。据会长林继雄介绍：从当代的情况看，东江龙形拳已发展到世界五大洲中的四大洲，单在美国，就有五个州有龙形拳协会组织。

打造（林耀桂）龙形拳陈列馆，是汝湖镇稳步推进“五个一”（即一套乡村振兴规划、一个陈列馆、一部电影、一本书、一首歌）工程的一项。据悉，以林耀桂生平事迹为题材的影视剧、歌曲、小说等文艺作品也已初具雏形。作家吴振尧所著长篇历史传奇小说《龙形天下》，已完成 40 万字初稿；电影剧本《龙形》、歌曲《龙心》都已创作完成，正在筹备出版和拍摄工作。

# 白鹭湖，醉美桃花源

童 笛

## 一

白鹭湖开始没有自己的名字，是一群候鸟赋予了她美称。

初始的名字似乎有点土俗，它原本是汝湖镇角洞的一个天然湖，上游是象头山的小金河。盘古开天地以来，角洞湖不温也不火，一直处于“养在深闺无人识”的状态，在漫长的岁月间经历风雨春秋。

新中国成立后，劳动人民当家作主，1955 年冬天，红旗插进了角洞，一群青年农民冒着严寒在这里安营扎寨，要重新安排旧山河。经过一年的战天斗地肩扛手铲，终于修成了一座库容近三万立方米的水库，角洞水库从此闻名遐迩。

几十年间，角洞水库造福一方，滋润着汝湖的数万百姓，他们在稻菽千重浪里喜开镰，丰收的歌声传遍了东江两岸。

其实鸟类比人类更敏感更先觉，角洞水库因水体清澈，山青树绿，很快成为候鸟的天堂，其中白鹭在这里繁衍繁殖，扩展疆域，成为这方水土一家独大的主族，后来不知哪位读书人给它起了一个富有诗意的名字——白鹭湖。

## 二

一直以来，白鹭和其他候鸟们在这里相安无事，安居立业，构筑着自己的独立王国。它们不慌不忙，无忧无虑，在岁月间叽叽喳喳地欢唱着“我是一只快乐的小小鸟”。

白鹭湖未想到有朝一日能大富大贵。这里青山环绕碧水萦回，是不可多得的一块净土。湖岸曲折多弯，半岛湾汊遍布周边，半岛交错如韵律有序，宜居之地该有的元素都齐了，如一块待琢的璞玉。

在改革开放的大潮中，惠城区、汝湖镇领导独具慧眼，发现了离惠州市区仅 15 公里的这片绿洲，大胆引进高端房地产开发商，于是白鹭湖有了不菲的价值。经过数年间的雕琢打磨，终于完成了美丽的蝶变，成就了经典，成为惠州乃至珠三角一张响亮的地产名片。

一时间，市区及周边城市的人们如候鸟般扑向白鹭湖，以购得此处一套房为荣，白鹭湖一时成为时尚热词。





## 三

迎着夏天如火的骄阳，我从市区出发，沿着汝湖大道溯江而上，驾车仅十多分钟，便到了白鹭湖路口。离开沿江公路，拐上一个小山坡，我犹如进入了一个充满诗情画意的世外桃源。

跨过湖光桥，映入眼帘的是四千亩宽大湖面，令人惊喜又让人宁静。烟波浩渺中，一行行白鹭掠过湖面飞上青天，轻灵的翅膀扇动着瓦蓝的天空。儿时读过的“两个黄鹂鸣翠柳，一行白鹭上青天”的梦幻景观，正跳出书页浮现眼前。只是不见两个黄鹂鸣翠柳，却见行行白鹭冲天起。

西北侧蜿蜒伸展的大良山，恰似一道天然屏障，将白鹭湖与外界的喧嚣隔开，白鹭湖成了一座独具风情的湖畔小镇。一座座风格迥异的水岸别墅、公寓洋房，沿山沿湖而建。白墙黛瓦间如水墨写意，小桥卧波似天上人间；绿水之滨浮楼隐见，湖岸之间廊桥相连。沿着山边树林信步走去，只见酒店公寓、游艇码头、渔人码头、水上乐园、人工沙滩，有序排列，散发着时代气息；国际高级酒店、国际知名学校、购物中心、不夜城、荷里活梦电影院等等，却又与现代生活息息相关。

我在山边湖畔兜兜转转，似一个专心致志的读书秀才，在品读着如江南水乡般迷离而动人的章节，读完一段，又走进另一个段落，山光水色让我欲罢不能。每一座楼阁，每一座水榭，都是她精致的语汇和词句，那么引人入胜，那么撩动人心。每一次视觉变换，都能读到迥然不同的风情；每一个拐角处，都伏笔着动人的细节，“柳暗花明又一村”，让人不经意间，翻开新的一页，期待着下一个精彩故事。

## 四

在这里，我阅读白鹭湖的远山近水，更欣喜于品味其深刻的内涵，在那一片片山水间，蕴藏着开发者的大智大慧，他们既守住了绿水青山，更搏来了金山银山；两者既互为依存又相促相生，既盘活了近期利益又关注着长远效益，非一般开发者眼光所能及。

湖内拥有多座岛屿和逶迤的山坡，恰是建设生态公园的理想选择，让人感到欣慰的是，开发者对这寸金寸土，并没有用尽耗完，而是从长计议，在保持原生态的情况下，开发出了休闲生态公园、高尔夫公园与体育生态公园，让在这里居住的人们享受到高端楼宇的同时，又浸润在大自然的韵味中。

他们的理念是以自然生态为主，保护与开发建设并重，表现山水意境，构建一个诗情画意、超凡脱俗的人文宜居之地。在这里生活的人们，远离了山外的嘈杂喧嚣，过上了悠闲的慢生活，享受着独一无二的生活节奏。难怪在这里入住的居民，说起白鹭湖总是津津乐道。

## 五

夕阳下，湖畔人工沙滩上，孩子们暮归的笑声惊飞了满天彩霞，曲折有致的小巷深处，石径灰青，黛瓦交错，远处飞檐翘角，近处青苔蔓布，美丽如江南小镇。拐角处，一位少女撑着一把印花小伞，款款而来，一袭红艳长裙，照红了两边的路灯。她轻轻地哼响了一支曲子，随晚风吹散在大街小巷，惊艳了一树树桃花和樱花。

入夜，霓虹灯统治了整个夜晚，晚风从水面出发，沿湖岸而来。街上的人谈笑风生，慢悠悠地走路，她们的脚步，轻叩闲散的月光。她们有时也随口哼上几段曲子，并不连贯，她们并不需要唱完整首歌，选一二段即可，随唱随丢，只热衷于拿手得意的几句。她们有时会突然中止歌唱，吆喝那些走散的小孩。

年轻人则走进酒吧，激越的歌声与街上的小曲迥异，他们高亢豪放，并带着青春的朝气，他们举起杯中酒，歌终酒干，然后顺手拨开挡眼的长发。

夜深了，我走在大街上，听歌声在夜空中恣意地穿梭，如行走在莫斯科郊外的晚上。忽然，远处传来悠扬的笛声，舒缓的乐韵点燃了白鹭湖的每一个角落，美丽了白鹭湖的浪漫夜空。

一群群白鹭，却在温馨的湖畔巢窝，陶醉在甜蜜的梦乡……

# 报告文学篇

# 驻镇帮扶绘新景，美丽乡村入画来

## ——惠州市乡村振兴驻汝湖镇帮镇扶村工作队纪实

万蕊新





乡村振兴绘新景，美丽乡村入画来。秋风相伴瓜果香，喜看稻田千层浪。金秋时节，坐落于惠城区东北部的汝湖镇，绵延的绿水青山与青翠欲滴的农田相映成辉，秋风徐徐，穿梭在回忆的隧道。

汝湖镇，依山傍水，晨曦透过碧空如洗的湛蓝，轻纱朦胧了山林轮廓，灵动而秀美。太阳从云层喷薄而出的那一刹那，洒落在青绿的田野上，舒展着山村的期盼与希冀。

几载春秋，惠州市乡村振兴驻汝湖镇帮镇扶村工作队扎根汝湖镇，走进各家农户农田调研分析，市住建局协同市委编制办公室、市城管执法局、市接待办、市住房公积金管理中心、中信银行惠州分行、邮政储蓄银行惠州分行、惠州学院等单位派出骨干人员组建驻镇帮扶团队，帮扶惠城区汝湖镇走上乡村致富之路，采取多举措为汝湖镇的乡村振兴发展“赋能增效”。

多年来，驻镇工作队深入基层，奔波在汝湖镇这片热土上，助力乡村振兴发展，如今，乡村面貌发生了翻天覆地的变化。村民们望着眼前的景致，眼中忍不住闪烁着激动的泪花，心中感慨万千。

夏日炎炎，驻镇工作队队员们顶着烈日，在田里与村民们一道干活，汗流浃背的他们，衣服湿了又干，干了又湿，皮肤被晒得黝黑。村民们自发地送上西瓜为他们解暑，收工时，将驻镇工作队一直送到村口，紧紧拉着他们的手，久久不愿松开。

曾经靠山吃山的村民们，压根儿没想到能在家门口解决就业问题。近年来，驻镇帮镇扶村工作队带着他们走上致富之路，家家户户的钱袋子也鼓了起来，汝湖镇乡村振兴发展之路，离不开驻镇工作队队员们默默付出的艰辛与努力，这份血浓于水的真情，村民们一直铭记于心扉深处。

深秋亦是收获的季节，汝湖镇乡村振兴结硕果。自市住建局带领驻镇工作队扎根汝湖镇以来，统筹兼顾，帮镇扶村双向发力，协同汝湖镇党委政府推进各项工作。创建“党建引领促队伍融入、多措并举促资金融通、提质增效促产业融合、凝心聚力促资源融汇”工作机制，打造“党建引领＋精准帮扶＋产业融合＋联农带农”驻镇帮扶汝湖模式，为各类人才搭平台、意向企业牵红线、困难问题找出路、产业升级补短板，全方位助力汝湖创建一二三产业融合发展示范镇。协同汝湖镇政府成功创建“广东省乡村治理示范镇”，《党建聚力“四促四融”激活乡村振兴动力引擎》被采纳为广东省“驻镇帮扶典型案例”，《汝湖镇一、二、三产业融合发展规划》荣获广东省优秀镇域乡村振兴规划“优秀奖”，《汝湖镇甜玉米特色产业调研报告》荣获广东省优秀乡村振兴调研报告“三等奖”。乡村振兴硕果累累的背后，凝聚着驻镇工作队同志们夜以继日的付出与汗水。





## “亮化工程”，点亮乡村振兴之路

深秋，与我们走在田埂上的驻镇工作队队长王军，走着走着，停住了脚步，凝望着远方沉默了很久。他坚毅的眼神中，沉淀着岁月，亦沉淀着这位退役军人深刻的记忆。一提及那个年代的汝湖镇，原本内向的他，瞬间就打开了话匣子，当年的情景，仿佛就在昨天。

曾经的汝湖镇，山连着山，出门即山，村子里留守的只有老人和小孩，荒地随处可见，一片荒凉景象。晴天一身灰，一遇上下雨，村里的道路就汇成小河，若雨势大，出门走村道，回来泥满身。

常言道：想致富，先修路。刚开始，村民们听到修路得占用自建房、土地，根本不能理解，头都摇得像拨浪鼓，导致施工不能按期进行。白天，驻镇工作队与村民们在田地里一道干活，忙了一天的他们，顾不上休息，马不停蹄地又到村民家拜访，挨家挨户做思想工作。刚开始，大伙儿吃了不少闭门羹，但在乡村振兴的道路上，他们一直执着地坚持下来。

“路都不通，人困在山里，走不出去。”“修好路，致富才有出路。”驻镇工作队队员们时常苦口婆心地与当地村民说掏心话，久而久之，村民被他们真挚朴实的话语深深感动了，渐渐接受了驻镇工作队的建议。

那一年，在市住建局率领下，驻镇工作队首次入驻汝湖镇后，便完成了汝湖镇农村村道硬底化 48 公里、巷道硬底化 85 公里的工程，人们出行不再难。阳光洒落在水泥公路上，村民们心中乐开了花，都夸驻镇工作队是他们的“引路人”。听到汝湖镇的村民们对自己的认可，望着乡亲们一张张幸福的笑脸雀跃在春风里，驻镇工作队工作人员的心里比吃了蜜还甜。

路修好了，总不能还让镇上的村民们深夜摸黑走路。村民们农活忙，家家户户早出晚归，孩子们走夜路太不安全，驻镇工作队最牵挂的事儿，就是为村民装上路灯。

扎根在汝湖镇的驻镇工作队，坚持实地考察，第一时间找到当地村委了解情况，选择路灯安装的最佳位置。在住建局的引导下，驻镇工作队推进“千企帮千镇、万企兴万村”行动，发动爱心企业筹集资金，为汝湖文化广场安装路灯，惠州史帝夫科技有限公司等企业纷纷向汝湖镇伸出援手，为汝湖镇安装 1391 盏路灯。

为了能让汝湖镇早日装好路灯，驻镇工作队连夜加班加点。受寒潮影响，2022 年的冬天格外寒冷，半夜里，村里头的气温更低，即使穿着厚实的外套，凛冽的寒风刮在身上，人还是会冻得直打哆嗦。工作队的同志搓着冻得通红的双手，立灯柱、装灯泡，常常不知不觉就忙到了天亮。新年第一天，万家团圆时刻，暮色下，驻镇工作队的同志们仍停不住手中的活，一想到汝胡镇装上路灯后，村民们再也不用为夜间出行担忧，大伙儿心头就感到暖烘烘的，全身仿佛有着使不完的劲儿。

新年里，当路灯投入使用后，夜空下的汝湖镇，灯光如群星闪烁，照亮着村庄的每个角落。“田里活多，咱们以后再也不用担心走夜路了。”“娃儿上晚课，心里也不害怕了。”村民们欣喜地告诉我们。

灯火通明的七女湖公园，一到晚上，人声鼎沸，灯光下是村民们一张张幸福的笑脸。一盏盏路灯温暖着村民们的心扉，一束束光亮沿着村道，点亮乡村振兴之路。一条条水泥公路蜿蜒盘旋，联通着整个乡镇，让梦想从汝湖启程。

## 汝湖蝶变展新颜，乡村振兴添亮色

如今，旧农贸市场的杂乱脏局面已退出历史舞台，仍图农贸市场售卖果蔬的村民们，在仍图农贸市场有序进出，通过“电商”等渠道销售农产品。

走进汝湖镇农贸市场，井然有序、舒适干净的摊位映入眼帘，来往的人们，穿行其中，一派热闹景象。升级改造后的仍图农贸市场，蔬菜、水果、肉类等商品按区域规划，多措并举，打造美丽乡村，托起了汝湖镇村民们满满的幸福感。

仍图农贸市场的建立，推动了汝湖镇村民“菜篮子”工程的开展，驻镇工作队充分利用当地农业特色优势，全面升级改造农贸市场，规范果蔬售卖走向“超市”农贸模式，带动当地就业，助力村民致富增收，全面助力乡村振兴。

“以前出来都是露天卖菜，最害怕碰到刮风下雨天气，菜还没卖完，人都成了落汤鸡，一旦菜给雨淋了，品相差，压根儿卖不出去。现在卖菜，安全又舒适，再也不用担心日晒雨淋，人们来市场就像逛超市一样。”在固定摊位上，整理着卖空的箩筐的村民，笑着向我们说道。

仍图农贸市场的建立，拓展了农产品销售渠道，以搭建农特产品销售平台等形式，实现“惠民生”“利产业”“促增收”“三合一”的整体效益提升。推动建立利益联结机制，通过明确农贸市场的经营权责，利用收益设立专项基金，重点用于脱贫不稳定户的稳定增收和生产生活条件改善，为乡村振兴增添了一道靓丽的底色。

# 光伏助推集体经济“强筋壮骨”

为加大汝湖镇乡村振兴帮扶力度，搭建多元化增收载体，驻镇工作队在前期充分调研、仔细遴选项目、与汝湖镇政府深入沟通的基础上，以发展驻镇帮镇扶村光伏项目为着力点，深度挖掘汝湖“镇能量”。

汝湖镇光伏项目建设基地上，驻镇工作队带着村民们一起安装、调试，心往一处想、劲往一处使，众人拾柴火焰高，因地制宜探索农村集体经济所有制有效实现形式，壮大乡村集体经济，为全面推进落实“百县千镇万村高质量发展工程”打下坚实基础，一束束光交织着秋日的暖阳，铺就着村民们的幸福之路。

2023 年 10 月 26 日，“阳光绿电注活水，驻镇帮扶促增收”——惠州市驻汝湖镇帮镇扶村光伏项目并网发电仪式，在汝湖镇隆重举行。以汝湖镇政府办公大楼、仍图市场、东亚村厂房等地闲置的屋顶为建设场地，光伏项目成果遍地开花。

据悉，2022 年惠州市驻汝湖镇帮镇扶村光伏项目总投资额 345 万元，装机容量 613.93 kW，预计年发电量 70 万 kW·h，年收益约 34 万元，25 年收益约 850 万元，该项目收益主要用于两个方面：一是用于扶持经济薄弱村的村集体经济发展，为经济薄弱村提供有效支持，打好集体经济薄弱村的“突围战”；二是用于支持壮大村集体经济的优质项目，增强村集体经济“造血”能力，打造可复制、可推广、可借鉴的壮大村集体经济示范标杆。

驻镇工作队帮扶的汝湖镇光伏产业，成为该镇乡村振兴发展的重要引擎。不少村民参与到光伏产业项目中。光伏发电设备的投入使用，投资成本少、效益大，助力农户增收。光伏与乡村振兴的融合发展，有效保障了乡村振兴与脱贫攻坚有效衔接。为扩大村民就业，驻镇工作队盘活资源，全面推进乡村光伏项目发展，以多元创新为动力，多措并举补齐乡村短板，助力集体经济融合高效发展，为乡村振兴增添新动能。

# “荒地”摇变“聚宝盆”

走进汝湖镇甜玉米加工车间，厂房内的机器轰鸣声打破了乡村的静谧，一缕缕玉米的清香扑面而来，在与当地人的攀谈中得知，流水线上的工作人员，大部分是汝湖镇村民，他们正有条不紊地进行着甜玉米加工，加工后的甜玉米，被制成玉米罐头、玉米汁、玉米点心等热销产品，营养价值高且口感好，成了餐桌上颇受人们喜爱的美食。

“能在家门口就业，是我们以往想都不敢想的事情。”村民小叶欣喜地对我们说道。汝湖镇是甜玉米之乡，种植丝苗米、甜玉米已成了当地村民的主要收入来源。村头村的玉米地一片青绿，村民们在地里采摘着饱满的玉米，玉米装满了一车又一车，秋风中荡漾着一派丰收的喜庆，然而两年前，汝湖镇还是一片无人问津的闲置荒地。

在调研中，驻镇工作队发现当地人大多采用的是传统种植方式，收成低，有些盲目跟风种植，种出的玉米，品相差、产量低，遇到台风、干旱天气，甚至连本钱都赚不回来，村民们宁愿将自家田地闲置下来，也不愿经营种植，村里的多数年轻人选择出去打工，镇上种植玉米的人越来越少。

汝湖镇的荒地，若能开发出来种植农作物，将是一片宝地。带着村民们在家致富，成了驻镇工作队成员最大的心愿。

起初，村民们不愿对撂荒地进行复耕，担心收成不好，风险大。面对冷言冷语，驻镇工作队成员们从不往心里去，在他们的眼里，就没有“放弃”两个字。带着汝湖镇的村民们一起奔向梦想，何尝不是驻镇工作队成员们心中最大的幸福。

那段时日，驻镇工作队跑遍了汝湖镇的每个村庄，并与村干部一起挨家挨户做思想工作，与村民们交谈，并拿出种植示范村的成功典型范例，向村民们讲述重新种植的优势：进行科学种植，能让收成翻番，“合作社＋农户”集体收入的分红，村民们都有份，村民成为股东，是村里人致富的新契机。一句句真挚的话语，说到了村民们的心坎上，春风化雨暖真情，村民们被这片赤诚之心深深感动，慢慢放下了心中的思想包袱。

惠州市住建局提出的将撂荒地进行复耕复种的建议，得到了当地镇政府的重视。大规模的种植离不开良好的水源，当时的汝湖镇水利设施不齐全，为了解决这个问题，驻镇工作队决定首先从镇域修缮水电设施，在村头村设立抽水泵站。正值酷暑时期，驻镇工作队下一线考察研究，参与基础施工工作。烈日下，他们弯着腰，丈量、勘测与记录脚下的土地。挖基孔、调配混凝土的驻镇工作队队员汗流浃背，但望着一路铺设的管道整装待发的模样，他们的疲惫顿时被驱赶至九霄云外。

## 科技赋能，助力汝湖打造种养产业链

水利设施顺利完成，如何带领汝湖镇村民们通过科学种植提升耕作效益？看着村民们一双双充满期盼与信任的眼睛，“那时我们心中就想着，绝不能辜负百姓们的期望”。老百姓能过上好日子，就是驻镇工作队拼搏的动力。

村民们的思想工作做通后，新的难题接踵而至。农户家庭大多缺乏科学种植技术，盘活荒地只是迈出了第一步，荒地经整治后，如何将其盘活成农户的致富地，如何提高耕种效率和收益，谁来种，种什么，如何出效益等一系列问题，如一座座大山摆在了驻镇工作队面前。

作为一名曾经的军人，队长王军骨子里就渗透着一股不服输的倔强。那段时日，他连走路都在思索种植项目的事情。他不断地告诉自己：“绝不放弃，迎难而上，一定能找到解决问题的方案。”他深知作为驻镇工作队队长，帮助汝湖镇实现乡村振兴的梦想，他的肩上比别人更多了一份职责与担当。

大力发展甜玉米种植业，将为汝湖镇乡村振兴发展注入一股新活力。种植业要得以持续性发展，资金投入是根本。在市住建局牵头下，中信银行惠州分行在持续做好支农和普惠金融服务工作的基础上，提供“融资＋融智＋融产”的综合服务，协调中信集团，引入投资方，采取多举措精准帮扶汝湖镇 。

众人拾柴火焰高，驻镇工作队中国邮政储蓄银行惠州分行亦向汝湖镇伸出了援助之手，分别在围仔村、村头村开展“信用村”试点工作，对农户实行信用等级评定制度，根据信用等级确定贷款金额及优惠条件，汝湖镇的不少村民享受了此福利。

一枝一叶总关情，驻镇工作队心系汝湖镇老百姓。在走访汝湖镇村民期间，发现不少农户家存在缺乏劳动力、家中撂荒土地无人耕种的现象。驻镇工作队协同汝湖镇打造以甜玉米、丝苗米为主导的现代农业产业体系，实施 “党支部＋合作社＋农户”的模式，对全镇 23 个村实行集体经济撂荒耕地治理模式。建立“土地流转 + 社会化服务”模式，扩大甜玉米种植面积约 4000 多亩，实现托管服务，带动农户 600 余户。全年复种面积达 6000 余亩，创新成立“农业龙头企业 + 农民专业合作社 + 驻镇帮镇扶村工作队 + 惠州学院科技特派员”的甜玉米产业联盟，推动甜玉米标准化种植，带动农民增收。

对于村民中因病因残无劳动力的种植农户，依照 “资源变资产、资产变股金、村民变股东”的农村“三变”改革思路，由村集体组织统一承包种植，流转给专业合作社、龙头企业等主体经营，进行代耕代种，开展集体模式化经营，推动撂荒地种植，从而提高农民收入。“龙头企业 + 农户”的运作模式，让一系列规划在汝湖镇落地开花，全镇村民都参与种植，贫困户实行小额信贷入股，有劳动力的、没有劳动力都可以成为股东，实行集体大种植，带动村民们共同奔赴致富之路，种种举措如一股暖流涌入人们的心头。风儿吹过层层翠绿，乡村振兴的梦想亦在热土上生根发芽。

春天至，迎来了万物复苏的节气，汝湖镇百花齐放，乡村一派生机盎然的景象。驻镇工作队的汝湖镇土壤调研报告也传来了喜讯，无论从砂质还是水质上来分析，汝湖镇都适合进行甜玉米种植，这里有着得天独厚的地理环境及优良土壤特性，缺乏的就是科学技术的支持。

一提及队员们的名字，汝湖镇的村民们就有着说不完的亲切与感动。工作队员们将“三农情怀”揣在心坎上，携手惠州学院生命科学学院农业专业技术人才王国莉教授团队及广州隆平高科特种玉米公司，运用高科技打造汝湖甜玉米品牌，强强联手打出组合拳。

一缕缕晨曦轻洒在山林的小路上，泥土的芬芳扑面而来，一轮旭日沿着山峦缓缓升起，那抹亮丽的火红红透了山庄，点燃着汝湖镇的希望。

一系列金融福利政策、市住建局实施的精准帮扶方案，都带动了汝湖镇村民们种植的积极性。驻镇工作队在各村之间进行摸底、调研，规划大集体种植，实行全员种植。中信银行协调中信集团为农户家提供点对点的辅导工作，协同惠州学院农村科技特派员团队，扩展各渠道资源，驻镇帮扶特色甜玉米种植发展业。

王国莉在大学任教20年，在教书育人的同时，作为省级农村科技特派员，这些年来，活跃在田间地头服务“三农”，成为她的工作常态。从产业诊断、技术培训、田间指导，到品牌建设、人才培育和产业融合发展等，王国莉逐步探索出一条“思路新、服务好、讲效益、兴产业”的乡村振兴服务新路子。在驻镇工作队支持下，科技、市场、土地、资金、管理、信息实现有机融合，培育出龙头乡村科技型企业，村民从“会种植”到“慧种植”，助推汝湖镇“三农”工作高质量发展。

2021年，驻镇工作队来到了围仔、村头等村，在对汝湖镇土地进行调研检测时发现，汝湖镇土壤特性尤其适合种植甜玉米，但由于村民们多年种植不一，形成不了产业。一块块宝地长期搁置，无人看管，荒地多。望着汝湖镇这片聚宝之地，帮扶团队认为若能进行科学种植，挖掘汝湖镇种植生产的巨大潜力，助农增收不再是白日梦。一想到能为老百姓办实事，帮扶团队就有着使不完的劲儿。

为了提高汝湖镇种植技术，他们带着村民们，从一亩试验田开始，围绕病虫防治等重点，实地讲解玉米的生长习性及科学种植技术，定期开设科学种植培训班，向村民们传授栽培技术及产业融合推广新技术。

为了对当地村民们进行科技培训和技术推广，平日里教学繁忙的王教授，利用晚上时间，加班加点制作种植技术方案。她根据汝湖镇土壤特点，起草适合当地的甜玉米种植标准，并将农作物病虫防害、高产种植的技术倾囊相授，带动汝湖镇农户们加入甜玉米种植产业中。“基地＋农户”的合作种植方式，让当地不少村民选择加入甜玉米种植行业。望着村民们渴望求知的眼神，驻镇工作队队员们的心中有着说不出的感动，翠绿的田野上，他们仿佛看到了一支科学种植的技术大军，在汝湖这片热土上成长壮大。

春耕万家忙，种植正当时。走进汝湖镇，万亩甜玉米种植如火如荼地进行着，时不时传来机器的轰鸣声。播种、施肥、病虫防治，田地里俨然一幅繁忙的春耕图。

“以前家里田地都撂荒着，在驻镇工作队的指导下，一片片荒地，变成了聚宝盆，都说他们是村民们的贴心人。”汝湖镇以集体种植为主体，驻镇工作队在田地里为农作物“听诊把脉”，并通过数字监控程序对甜玉米生长进行全过程监控与记录，数字农业在汝湖镇土地上铺展开来。

在市住建局推动下，专家们充分发挥托管服务功能，手把手地教汝湖镇的村民们进行科学种植。起初，以黄埔村源茵生态园种植地为试点，要提升产量，从选种到培育，环环相扣，来不得丝毫马虎。通过优化有机—无机复混肥等功能肥料配方，结合优质品种筛选和推广绿色标准化生产技术，甜玉米产量品质有效提升， 100 亩新型圣甜水果甜玉米结出硕果，甜度比普通玉米高，个头大，颗粒饱满，产量比他们预期的高得多。

新型龙头产业甜玉米每亩约产 3500 株，按当地价格每株 7 元计算，亩收入约为 24500 元，相比于传统玉米种植，亩产增值近 7 倍，按销往上海等一线城市每株 15 元计算，亩产增值近 15 倍，开辟了村民增收的新途径。

2022 年以来，汝湖镇的黄埔、南新等村甜玉米喜获丰收，市住建局和汝湖镇政府协同隆平高科、裕红农业等企业打造“特色农业全产业链平台”，建立了 1000 亩高标准甜玉米示范基地，吸引了周边乡镇来取经，为建立“现代数字农业公园”打下坚实基础。

村民们都说，以前 1 亩地耕种下来，要花费好几天的工夫，如今，农作物实施科学种植，1 个小时就能完成一亩地的耕种，省下了大量人力物力。村民在家门口就能致富，工作的同时，又能照顾家庭，钱袋子也慢慢鼓起来了，秋天阳光轻洒在黝黑的笑脸上，清风徐徐，汝湖镇蔓延着幸福的旋律。

在甜玉米丰收上市的季节，田野上，一株株甜玉米在秋风中摇曳着收获的喜庆，村民们正采摘着玉米，大卡车满载丰收的“致富果”，伴着滚滚车轮带着人们驶向幸福生活的彼岸。

驻镇工作队坚持乡村振兴以产业为重、项目为王，不断创新工作思路，提出将农产品深加工“神阳综合生态园项目”作为乡村振兴农业项目进行招商引资，得到汝湖镇党委政府和招商部门的认可和支持。王军队长带领队员们多次拜访市区委农办等相关业务部门，多次走访共鳞实业有限公司与企业黄董事长沟通交流，多次将遇到的困难和问题及时反馈至市住建局，在市住建局领导高度重视和帮助下，顺利推进项目落地，“队长真是好样的”是企业管理人员常挂嘴上的一句话。据了解，该项目非常契合汝湖水资源的特点，总规划占地面积 6945 亩，其中工业用地 45 亩，农业设施配套用地 50 亩，其余为农业用地。该项目结合汝湖的自然环境特点和丰富的光伏产业资源，以“渔光互补”模式、“农光互补”模式，开发惠州特色立体循环农业产业，筹建集水产繁育、规模养殖、有机种植、水产加工、特色文化旅游于一体的绿色立体循环农业综合体，积极响应国家乡村振兴、美丽乡村政策号召，建立新农民培训中心，推广科学养殖技术，引入与水产种业配套的种苗饲料加工、水产加工、冷链等业态，发挥联农带农效应，助力惠州水产产业高质量发展。

## 枝叶关情，心系汝湖村民的驻镇工作队

在汝湖镇当地人的心中，驻镇工作队就是他们的衣食父母，“只要驻镇工作队在，咱们的心里就吃了颗定心丸”。如今，一提及驻镇工作队帮扶他们的事情，村民们心中始终感念着这份不是亲人胜似亲人的温暖。

2021 年，汝湖镇果农受疫情形势反复影响，所种青枣大量滞销。在市住建局指导下，市房企党委、市房协发出《关于房企爱心扶农，助力“乡村振兴”的倡议书》，号召各基层党组织、会员单位和全市开发企业踊跃认购滞销青枣，帮助果农早日走出困境。

一方有难，八方支援。驻镇工作队联合当地融媒体电商、网络平台，进行现场销售及直播带货，通过互联网，农产品实现了与市场对接，解决了汝湖镇农产品销路问题，亦为村民们挽回了损失。望着一车车青枣被装上货车，

那抹青翠燃起了他们心底的希望。

古人云：“老吾老以及人之老。”在驻镇工作队的工作中，老弱病残是驻镇帮扶工作中的重点帮扶对象。驻镇工作队深入开展走访困境家庭活动，提供爱心服务。

2023 年 3 月，当驻镇工作队来到茶径村，走进有着 76 岁高龄的老人方云家中，眼前的景象令大伙惊讶不已。

这间不足 50 平方米的瓦房内，时不时响起咳嗽声，一位年迈的老人正拿着勺子喂着 45 岁的一级智障儿子张力，而这位老人就是方云。得知帮扶队同志们过来了，老人用颤巍巍的手，握着驻镇工作队队长的手，眼中沁满了泪水，望着面前这位腰弯成 90 度的老人，支撑着这个支离破碎的家庭，大伙哽咽得说不出话来。

村民们告诉驻镇工作队，老人患有心脏病，家庭拮据，全靠低保过日子。为了儿子，自己有病也是一直扛着，从来舍不得去大医院治疗，老伴早早离她而去，大女儿张琴，是当年方云抱养的一个孩子，如今远嫁在外，也是当地的困难户。

那一天，驻镇工作队从方云家中走出来，老人一直将他们送到村口，风儿吹乱了老人的满头银丝，她的身体单薄得随时都有可能被风刮走。然而就是这样一位原本应该享受天伦之乐的老人，却拖着病躯照顾孩子，将生命最后的时光留给自己的孩子。回来的路上，大伙儿的心情久久不能平静下来，忍不住红了眼眶。

翌日，驻镇工作队再次前往茶径村探望方云老人，并向村委全面了解方云困难情况。方云一家，受到了住建局的高度关注与重视，驻镇工作队连夜起草帮扶方案，与汝湖镇政府民政办召开专题座谈会协商帮扶计划，会上，驻镇工作队负责人讲述着方云的家境，在场的人听着听着，忍不住潸然泪下，市委、区委农办、惠城区民政局纷纷伸出了援助之手。

然而，对于方云这个特殊的家庭，帮扶资金的到位，只是解决了他们的温饱问题。这位老人在自理都困难的情况下，还要照顾自己的孩子，驻镇工作队认为，如何让更多的人去照顾老人和孩子，从根本上解决这家困难户的困难，才是当前最需解决的问题。为此，王军队长带领队员们 8 次走访多个部门进行实地考察。

方云老人的情况，引起了惠城区民政局的高度重视，驻镇工作队会同区民政局前往茶径村看望老人，研究落实帮扶计划，计划将母子两人同时送往民办福利院。

方云怀着欢喜的心情与孩子一起打包行李，做好到福利院生活的准备，想着大家对自己无微不至的照顾，老人心中感动不已。

然而天有不测风云，4 月 28 日方云突发重病，永远离开了这个世界。大家深知，孩子是老人一生中最大的牵挂，驻镇工作队与村委协商将其儿子转办为特困户。方云的孩子终于在福利院有了一个属于自己的家，福利院的工作人员像亲人一样呵护着张力，告慰了方云老人的在天之灵，圆了她一生最大的心愿。

## 创建“博士驿站”，多举措赋能乡村振兴

一枝独秀不是春，百花齐放春满园。“乡村振兴是一篇大文章，需要各类人才来书写。”驻镇工作队在乡村人才振兴大道上，立足长远，送“智”送“技”到乡村，培育各类乡土人才，激活乡村振兴的源泉，让乡村振兴之树成为常青树。

乡村振兴要发展，人才振兴是关键。推广农业科技助力村民增收，成为驻镇帮镇扶村工作队一项重点工作，“授之以鱼不如授之以渔”。依托汝湖镇农业种植优势，由住建局牵头，惠州学院携手汝湖镇政府及驻镇帮镇扶村工作队共建镇级“乡村振兴博士驿站”，全方位助力汝湖镇乡村振兴。

2022 年夏天，博士驿站的专家博士团队，在围仔村建立了 20 亩锌硒大米试验基地。“水稻病虫防治”是种植过程中的一项重点工作，若长期喷洒过多农药，不仅会影响稻米生产品质，且不利于保护生态环境。

利用业余休息时间，团队成员不断探索研究这个难题。每逢周末，天还没亮，他们就忙碌在田地上。白天，他们手把手地向村民们示范及讲解着种

植锌硒大米的要领，傍晚，采集样本带回实验室。每天睡眠不足的他们，在返程的车上忍不住打起了盹儿，晚风悄悄地吹走他们脸上的疲惫。

一年之计在于春，此时万物正盎然生长。走进惠城区汝湖镇围仔村，一片片绿油油的稻田映入眼帘。得知“科技特派员”团队又到村里来了，村民们立马放下身边的活，将队员们请到插满青秧的田间，为水稻“把脉”。

首次开展锌硒大米试验，对于科技团成员来说，稻苗如同自己的孩子一样重要，需要用心地去呵护。从育苗到收割，每一步他们都走得坚定而踏实。

深秋，一缕缕金色的暖阳轻洒在围仔村稻田，在收获的季节里，人们迎来了丰收，收割机声交织着人们的欢笑声。

2022 年下半年，驻镇工作队以围仔村为中心，联动周边古仙村、埔头村的种植户，打造千亩富硒水稻种植基地。杨益富种植了 4 亩多的南晶香占水稻，在科技团队指导下，他顺利收获了品质优良的锌硒大米。

“传统技术下种植的稻米，生意好时，每斤大米能卖到两三元就算是最好的价钱了，现在种植的锌硒米，可以卖到 8 元以上，收入翻了一番。”村民们一提到这，忍不住热泪盈眶。

“一样的土地，科学种田，能让稻田增产增量，能让我们的钱袋子鼓起来。以后我要多到博士驿站去取经，科技团队是我们农民的‘衣食父母’。”

汝湖镇千亩生态锌硒大米硕果累累，“六统一”的生产管理模式——统一选种、统一育苗、统一病虫防害、统一技术指导、统一收购订单，大幅度降低了农户投资成本，科学种植的农产品多产多收、风险低、收入高，这一系列举措，深受当地村民青睐。

一分耕耘，一分收获。2022 年收获的锌硒大米，通过“镇属国资公司 + 农村经济联社 + 普通农户”的产业利益联结机制，在驻镇帮镇扶村工作队的支持下，统种统收统销，共为 500 多名农户增加了约 150 万元收入。

2023 年，汝湖镇在 2022 年富硒大米种植基地的基础上，进一步扩大种植面积，改良商品包装，投入品牌建设，拓宽电商营销渠道，结合“一村一品”特色产业项目培育，扶持引进开展一二三产业融合项目，带动农民增产增收。采取“大学—政府—乡村—联盟（UGCA）”校地合作新模式，推动驻镇帮镇扶村工作队、惠州学院及汝湖镇政府高度融合。依托新打造的乡村振兴博士驿站，集聚博士等高层次人才500多人。

为进一步发挥人才驿站“战略研判力”和“科技主力军”作用，汝湖镇乡村振兴博士驿站创新探索出“乡村出题，博士答题”的运营模式。

汝湖镇作为惠州市“甜玉米之乡”，亦是“广东省一镇一业甜玉米专业镇”，多年来，汝湖镇大力发展甜玉米特色产业，擦亮了“甜玉米之乡”这张闪亮的名片。如何进一步推动甜玉米绿色标准化生产，做优做强汝湖甜玉米产业，助力汝湖一二三产业融合发展示范镇创建？这是汝湖镇人民向“博士驿站”抛出的问题。

“农民出题，我们用心用情用力答题，在土地上为村民交上一张完美的乡村振兴答卷。”这就是“博士驿站”成立的初衷。

汝湖镇既有适宜种植甜玉米的土壤、水源等生态环境资源，又有地处粤港澳大湾区的区位交通优势，在市住建局帮扶下，汝湖镇引进了圣甜白珠白色超甜水果型玉米等全球最优质的品种。依托“博士驿站”数字农业化科技种植技术，结合实地调研资料，队长发现汝湖镇完全具备打造智慧化、生态化、规模化，建设集生产、加工、出口于一体的甜玉米全产业链的条件。

众人拾柴火焰高，“博士驿站”聚焦甜玉米种—产—销—游全产业链建设，打造“甜玉米产业链发展的汝湖模式”，在源茵生态园建立了首个“广东惠州甜玉米科技小院”，建立优新品种及高效栽培技术示范点1个，面积300亩。

深秋，走进源茵生态园，一片丰收景象。驻镇工作队协同汝湖镇着力打造甜玉米“地理标志”品牌，已申报国家地理标志产品认证，国家知识产权局已受理。甜玉米种植持续向好，一根根饱满的玉米，在秋日的暖阳下闪烁着希望之光。

圣甜白珠白色超甜水果玉米，投入市场后，深受顾客喜爱。汝湖镇于2023年冬季建立1000亩圣甜白珠白色超甜水果玉米规模化生产示范基地，并将于2024年打造5000亩专供生产、加工和出口的基地。

近年来，驻镇帮镇扶村工作队创建的“博士驿站”，对引领汝湖镇走向乡村振兴作用凸显，“共富驿站”项目成为当地党支部共建品牌，其依托惠州学院—汝湖镇乡村振兴“博士驿站”发挥科技效益，引领汝湖镇越来越多的村民投入种植行业，提高村集体经济收入，带动农户个体收入，打造汝湖镇科技农业发展之路，助力汝湖镇各村融合发展。

## 结对帮扶献爱心，助学圆梦求学路

再苦不能苦孩子的教育，教育是乡村孩子改变命运的出路，孩子是乡村振兴发展的后备军。

2022 年 7 月 14 日，对于汝湖镇的孩子们来说，是一个不同寻常的日子。市住建局在汝湖镇开展惠州市乡村振兴驻汝湖镇“助学圆梦　结对帮扶”活动，活动推行以来，市住建局地毯式收集贫困家庭子女上学情况，并结合实际，与相应的企业对接，将爱心传递下去。家住汝湖镇下围村第二村民小组的小黄就是帮扶对象之一，当拿着装满助学金的红色信封，谈及自己的经历，他再也忍不住心中的泪水。

每逢高考放榜日，一批学子就将迈入心仪的大学门槛，开启他们新的人生之旅。小黄从小学习成绩优异，在 2022 年的高考中，他以六百多分的好成绩考取了广东一所重点大学。他估算了下，一年大学的学费、学杂费及住宿费加起来，足足有一万多元，这笔钱对于小黄的家庭来说，简直就是笔天文数字。

一想到家里的情况，小黄就含着泪悄悄将录取通知书放进了抽屉。家庭收入偏低，爷爷高龄，父亲体弱，无法从事农村体力劳作，全靠母亲打工维持家里生活。但母亲在家中打扫卫生时，还是发现了儿子的秘密。母亲明白了儿子的心思，小黄从田地干活回来的晚上，母亲与他一起坐在庭院前：“孩子，妈妈就是砸锅卖铁也要供你上大学 。咱们是庄稼人，读书是改变命运的唯一出路。”小黄的母亲没上过学，却一直鼓励孩子多读书，她决定想办法四处借钱为儿子凑齐学费。

正当小黄一家人为学费而操心时，驻镇工作队了解到了小黄家的实际情况，将信息及时地填报至“结对帮扶”花名册中，帮助小黄上了大学。每当小黄发来优异的学习成绩单，王军队长比自家孩子得了奖还开心，小黄在电话中告诉他，自己一定要发奋图强，学好技能本领，毕业后要回到汝湖镇，为建设美丽乡村发光发热。听了这样的话语，王军队长的眼睛禁不住湿润起来。

据悉，自市住建局在汝湖镇开展“助学圆梦　结对帮扶”活动，40 家爱心企业已与汝湖镇 40 名困难户家庭分别签订了结对帮扶协议，2022 年 7 月，爱心企业又成功帮扶 26 名学生走进大学校园，直至大学毕业。在大学期间，每位学生每年将得到 1 万元的帮扶资金，来帮助他们完成学业，这对于贫困山区的孩子来说，简直就是雪中送炭。助学期间，爱心企业累计捐助 70 余万元。“希望这个活动永远开展下去，让每位贫困学生的求学之路不再是梦。”一抹绿意在阳光下闪烁，乡村振兴的路上，无垠的翠绿漫卷着春日的音符。

## 农文旅融合，赋能乡村振兴“新活力”

历史延伸着乡村的根，文化铸就着乡村的魂。汝湖镇这片沃土上，根植着深厚的人文历史底蕴。当地龙形拳、汝湖渔歌、舞稻草龙、仍图闹元宵等民俗已列入省、市级非物质文化遗产名录。汝湖镇拥有独特的地理环境优势，地处广惠、惠大、惠龙高速公路入口处，是惠河、潮莞、惠深的交通经济纽带，俯瞰观之，38 公里的滨江岸线环绕其镇，25 公里沿江道犹如绿色的绸缎，绵延着起伏的山峦，壮观不已。

驻镇工作队扎根汝湖镇以来，汝湖镇以万亩甜玉米、丝苗米、锌硒米等高产示范基地及特色主导产业带动农业龙头企业发展，以乡土文化、农文旅融合，为乡村振兴增添“新活力”，从而带动当地村民共同奔向“致富路”。

建设“美丽乡村”之际，驻镇工作队详细开展实地考察，为保留汝湖镇原有文化特色，在不拆迁的基础上，对民房进行装修，尽显当地文化元素，挖掘历史资源，将传统文化扎根在乡村的热土上。

驻镇工作队立足本土特色，升级改造“七女湖起义旧址”爱国主义教育基地，建成镇级爱国教育陈列馆，盘活汝湖镇闲置资源，打造白鹭湖休闲度假区、现代农业观光园，引进“水苑山庄”“铁骑”文旅综合项目，深挖汝湖镇文化旅游资源。

2022年，在市住建局支持下，驻镇工作队协同汝湖镇政府推动造节与业务融合，举办第二届“玉米节”“稻田音乐节”，成功推介汝湖特色农产品。稻田里唱丰收、奏丰收，以乡村振兴为主旨，以音乐的形式展现汝湖镇美丽乡村建设的时代风韵。

金秋是收获的季节，喜讯接踵而至。在省“农行杯”乡村音乐原创歌曲创作大赛中，驻镇工作队推送的《白鹭湖恋歌》斩获“一等奖”。驻镇工作队协同汝湖镇政府拍摄《渔行汝湖》宣传视频，推广学习龙形拳，传承传统文化，让汝湖镇的传统文化盛放得愈加绚丽多彩。

如今，汝湖镇依托怡人的风景地貌及独特的文化特色，将汝湖传统文化资源与地理资源有机融合，促进乡村文化脉络发展，七女湖公园建设落地，成为一处生态休闲旅游之地。在驻镇工作队带动下，村民们在家门口走“旅游线”，钱袋子也能鼓起来，这是他们做梦都不敢想的事情，在乡村振兴文旅产业发展的道路上，村民们的幸福生活红红火火，人们心中美丽的乡村梦想已开花结果。

水天一色，霞光万里。岁月的画笔，悄然地晕开了一幅幅水墨山水画。汝湖镇田埂上，丰收的稻浪，起伏着山峦的弧线，蜿蜒着深秋最美的画卷。

深秋，朵朵幸福之花竞相开放，那抹芬芳，与阳光同行，沿着汝湖镇的村道，绘就了乡村振兴蓝图，驻镇工作队以奋斗之笔，续写乡村振兴华章。

# 邦哥和他的幸福院子

李华生

## 一

江湖浊水溶海清，
天地红流正气升。
堂聚筹谋建新功，
民心向党听号冲！

这首名为《天道洪流》的小诗，出自惠州汝湖仍图的“幸福院子”。作者是名只读过初中的农民——林锦全，四里八乡都叫他“邦哥”。

邦哥是个传奇人物。初中三年级刚拍完毕业照，他就头也不回地去了深圳，在表哥的餐馆里当起了一名炒菜的学徒；尔后，他在广州钢铁厂历经了“钢铁是怎么炼成的”；他也曾和女朋友开过发廊，但不到半年爱情就无疾而终……

邦哥在异地他乡漂泊了20年，曾有一个月，他都靠着3只咸鸭蛋伴着1斤绿豆芽和几小块腐乳打发一日三餐。在这之后，邦哥终于醒悟：“中国五千多年农耕文化演变，具有强烈的文明色彩斑印；现时大量的年轻人离开乡村奔赴城市，乡村老龄化、空心化，土地丢荒，传统的特色耕种文化也在逐渐消失。我们的乡村，应该回到以前那种令人思念的情景，年轻人应当重新审视并选择自己的发展方向，城市已经不是唯一的选项啦……”

凭借在特区工作20多年的经验，邦哥通过学习与实践、听取长辈的教导、接纳成功人士的意见，重新规划家庭建设及孩子教育事项，决定回家创业，一切从头开始。

在农村乡镇，能做些什么？这里最好的是空气，吃空气能饱吗？这里还有最地道的农产品及农家环保食材。结合这些条件，邦哥决定从饮食入手，厨师也是他熟悉的职业。

邦哥回到了他的家乡汝湖仍图，他做的第一件事就是满怀虔诚地向村委递交了一份入党申请书。

从此，信心满满的邦哥在镇委的领导下，在脱贫攻坚的路上与乡村振兴的康庄大道上，撒着欢儿地奋力疾奔。





## 二

汝湖，原为“七女湖”。传说七位仙女下凡游玩，在汝湖附近流连忘返，天帝派天将捉拿，七仙女化作七个湖，人称“七女湖”，后改名“汝湖”。甜玉米、火龙果、台湾青枣、台湾番石榴等特色农产品在汝湖镇各村遍地开花。

2003年，原博罗县仍图镇并入惠城区汝湖镇。这里有连片成群的青砖古屋，还保存着较为传统的圩日，每逢农历一、四、七，是仍图的圩日。仍图的酿猪皮很出名，餐饮业更是享誉惠州。仍图街上有很多店售卖酿猪皮，很多汤粉店也多以酿猪皮、肉丸汤粉作卖点，传说闻名于世的横沥汤粉就是从仍图传过去的。

2008年底，邦哥回到了家乡。眼前的一切都是那么熟悉，一切都是那么亲切。

2009年7月1日，回乡创业的邦哥选择了自己熟悉的餐饮业，心存感念的邦哥为餐馆取名“幸福苑”。邦哥在餐馆架起个阁楼，夫妻俩工作时就围着餐馆里外打点；夜深人静的时候，一家五口就挤上小阁楼。对于邦哥一家来说，脱贫还在路上……

“搭棚卖菜十几年，风吹日晒的，但马上我们就有‘家’了。”仍图圩镇中心市场的菜农们满是期待。

作为汝湖的圩镇中心，仍图中心区域人口密集，商贸交易较为发达，但由于没有农贸市场，过去菜农肉贩们只得在公路两边露天摆卖……

驻镇帮镇扶村工作队在调研了解实际情况后，利用帮扶资金将仍图一老旧商场改造升级为农贸市场，并对周边的道路进行拓宽，设置停车区域规范停车秩序，让村民切切实实享受到帮扶红利。

在党的精准扶贫的决策中，邦哥一家享受到了实实在在的红利。

2011 年，大女儿诗敏考上惠州实验中学；

2012 年，二女儿咏诗考上惠州华罗庚中学；

2012 年，邦哥建起了新房并完成加层装修；

2014 年春节，邦哥一家从餐厅阁楼搬到了新房过年；

2014 年，大女儿诗敏考上华北电力大学；

2015 年，二女儿咏诗考上广东中医药大学；

2016 年，邦哥建起了“美满家庭”体验农场；

2018 年，又是个流金似火的灿烂日子，邦哥的大女儿诗敏大学毕业，成了惠州供电局高空作业的电力人。这一天是 7 月 1 日，中国共产党成立 97 周年的纪念日。邦哥的“幸福苑”乔迁新禧，满心欢喜的一家人将“幸福苑”更名为“幸福院子”……

“美满家庭”与“幸福院子”宛如一对幸福伉俪，在汝湖这片神奇的土地上比翼双飞。室外，“美满家庭”体验农场里，邦哥组织和资助的篮球队友谊赛、拔河赛和邦哥亲自挥毫的送春联活动精彩纷呈！室内，“幸福院子”里飘出一阵阵客家菜肴的诱人香味，邦哥将酿豆腐、盐焗鸡、鱼丸煲 、搏丸烩 、红焖肉 、炒大肠汇成独特的客家美味，直沁人的心脾！

## 三

邦哥忙得够呛！

2021 年是中国共产党成立 100 周年，随着脱贫攻坚奔小康、砥砺奋进新征程的号角吹遍整个神州大地，汝湖镇政府要怎样做到一个也不能落下，在奋进时代奔前程？

汝湖镇甜玉米种植面积增长快速。2007 年全镇有 20 个行政村种植甜玉米，种植面积达 31290 亩，种植农户达 2500 多户，成为惠州市最大的甜玉米种植基地。同时，汝湖镇甜玉米产业效应还有效地辐射到周边 30 多个乡镇和地区，带动种植面积 10 万多亩、农户 1.6 万多户，带动社会效益近亿元。汝湖镇已经建成惠州市最大的甜玉米种植生产基地，被惠州市政府授予“惠州市甜玉米之乡”称号，2007 年，广东省科技厅认定汝湖镇为“科技创新专业镇”。

一望无际的田野上，甜玉米的芬芳随风飘荡，饱满的果实耸立在秆上，随着丰收的时光，在摇曳的沙沙声响中发出阵阵收获的信号。

此时此刻，党号召：一村一品，一乡一特色。汝湖镇该如何以“东江商埠，甜玉米之乡”为突破点，擦亮老招牌？

凭借着“食在惠州”这句话的流行，邦哥确立了自己的使命：开发地方特色“玉米宴”！

不尽如人意的现实和美好的想法总是有差距的。邦哥一次又一次地反复尝试，一批又一批地寻找食家点评，经过一个多月的切磋琢磨，在 2021 年的汝湖金秋玉米节上，邦哥的玉米宴喷香出炉。但见菜单就令人垂涎三尺：桑叶菊花玉米须茶、鲜榨玉米西瓜汁、玉米淮山甘笋猪骨汤、玉米地水晶鸡、玉米棒焦盐骨、玉米粒墨鱼丸、玉米松子盏、玉米昆虫天妇罗、玉米笋炒酿猪皮、鲜虾玉米饼、潮式玉米烙、玉米金油条、玉米猪肉饺、玉米浓汁时蔬、香煎玉米饼、玉米青豆炒饭……

乡亲们盛赞：

金秋十月，凉意绵绵
玉米的金穗随风飘扬
林大厨用汝湖人为之骄傲的甜玉米
开展一场玉米盛宴

饱满的玉米镶入墨鱼丸中
弹牙的手打墨鱼丸与
爽脆的玉米碰撞
口感十分丰富

隐藏在一个个菜式中的金黄果实
是秋风赠予的宝藏

足足十六样佳肴打造的玉米宴，刺激着食客们的味蕾，开拓着乡村振兴的富裕之路。

## 四

岭南六月，流金似火。

此时，南方电网广东惠州供电局输电管理所500千伏输电线路二班的电力人，正在南粤崇山峻岭之中，在塔尖上沿着500千伏高压线，于110米的高空悬空作业。他们主要负责输电线路的运维工作，其作业危险而艰巨，相当于走钢丝。

被称作“高空女超人”的林诗敏，此刻就在110米的高空顶着烈日作业。抬头仰望，诗敏犹如一只燕子游走在高空之中。

林诗敏是邦哥爱称为“大宝贝”的大女儿，《人民日报》报道过诗敏和惠州电力人高空作业的事迹，“大宝贝”无疑是邦哥一生的骄傲。

这天，邦哥要为正在百米高空“踩钢丝”的女儿和她的同事们送上一份特殊礼物——他要亲手烹制一套精美的午餐，送到在68公里外作业的他们手里。

邦哥说：“我的女儿林诗敏，人家都叫她‘高空女超人’，最近天气比较热，她在户外长时间高空作业、风吹日晒。作为父亲的我，想给她多一点关心和鼓励，她从小吃我做的饭，我想做个‘四菜一汤’，还有自己秘制的糖水和玉米饼，带上一封家书，和她说上几句父女间从来没有说过的话……”

邦哥叮嘱超级外卖员沐上，天气炎热，必须在上午10点之前把午餐送到，菜的分量重达30多斤，他希望诗敏和她的11名同事一起分享。

“超级外卖员”沐上吐了吐舌头，这是一份沉甸甸的“超级快递”：外卖超级重、配送距离超级远、起得超级早！

这是一份从“幸福院子”里，父亲为女儿发出的“超级快递”！

清晨，沐上来到“幸福院子”取快递，目睹了邦哥为女儿烹制午餐的全过程：7点开始炖鸡汤，汤中有下火消暑的猪粉肠和莲子，有安神的灯芯草，标准的广东靓汤；然后用蜂蜜为蜜汁猪肋排上色，配上自己秘制的料包，以甜玉米为底；接着用哈密瓜汁酿成糖水消暑清热；揉制金黄甜糯的玉米饼。8点40分剁白切鸡，用10分钟蒸油盐清水太阳鱼，蒸鱼期间炒青菜，9点完成菜品。一切都是那么井井有条，邦哥指着墙上那幅自己写的书法念道：“‘润物顺流势如岚。’传承的事情，我都喜欢做。”诗敏和同事加起来有11人，邦哥就蒸了11条鱼。诗敏不喜欢吃葱蒜，邦哥就用自己特制的配料，做出“爸爸的味道”。

“幸福院子”里的“爸爸的味道”香飘了68公里，从悠悠的七女湖一路荡漾到南粤崇山峻岭中那塔尖上的110米的高空……

当诗敏从塔尖上下来，品尝着超级快递员沐上递过来的玉米汁时，不由得脱口而出：“这是我爸榨的！爸爸榨的玉米汁中有别人没有的水果味。”

诗敏激动得热泪盈眶，再闻到佳肴溢出的香味，她和同事们的泪水瞬间就化成了垂涎的口水……

电力人在地上铺了块塑料布，摆上工地上从未有过的丰富午餐，一边享受着邦哥烹制的美味，一边聆听着一位父亲写给女儿的情话——

大宝贝：

时光荏苒如白驹过隙，转眼你已是社会青年，工作已有几年了。恰逢夏雨斟思往事：你们三姐弟的成长过程历历在目，作为父母的我们一直怀着感恩的心把你们抚养长大，同时你们从小也听话孝顺，生活自律，用心读书……

首先感恩我们都生长在和平的国家，能够营商就业、耕读传家，公平竞争的社会环境，让大家都可以施展自己的理想与抱负，这一点我们都用好了……

其次感谢新时代的到来让我们可以安心生活工作，大家可以全心全意发挥自己的潜能及所学，为理想心愿、奋斗目标而拼搏，实现自己的价值。你也用心用力，赢得了属于自己的劳动果实，为父母争了口气，我们深感自豪骄傲，也对你在学习工作中获取人生初级阶段的荣光表示肯定。

展望未来的你：作为新时代青年及家中老大，应起带头作用，戒骄戒躁，坚持奋斗之心，发挥时代使命精神……

这就是父母给你的殷殷嘱咐。

如今父母白发尚未满头，也珍惜自己来之不易的事业，珍爱自己的革命本钱，你也应当保重自身、珍爱生命。因为生命的意义就是追求美好的未来。家里的事你暂时不用担心，父母还有能力撑着，相信我们的家庭也会越来越好！希望你以后安心工作，学以致用，遵纪守法，紧跟领路人，贡献自己的力量！为社会为国为家创造有用的人生价值。谨记：青春所走的步伐都很轻快，但每一个脚印都将烙刻在大地的灵魂深处。你们生逢新时代，身处百年未有之大变局中，唯有奋斗才不枉此生！愿你加油奋进，争当职业标兵！

## 五

幸福院子的主人是幸福的，正如邦哥心灵深处的感悟：

“幸福的上游是奋斗，美满的体验是服务。我们都是土生土长的农村人，经历过贫穷，感受过改革开放，尝试了大环境的不易，体验过国家给我们带来的福利。因此，吃饱了饭要懂得感恩，变化了要不忘初心……”

邦哥是“70 后”，新中国的成立他无缘参与，改革开放时他正在读书，踏上工作岗位时，社会已日新月异，令他眼花缭乱；他在谈婚论嫁、生儿育女的年龄遇上了国家制度大调整，在新事物频出的高科技时代，又叹文化水平跟不上……

“守得云开月明时，孩儿正在读书，伸腰喘气间已是新时代；而立之年不敢为，不惑年时莫错过，正值奋斗拼搏最佳时期……”

从第一个客人到座无虚席，从地道风味到创新品牌，邦哥从未放弃对文化的追寻。邦哥组织开展了老人书法绘画、送春联等文化活动，并联合中小学幼儿园师生参与；赞助青年篮球友谊赛，提高学生对篮球及各项活动的兴趣；对中学龙形拳教学给予配套硬件支持……地方的各种文化传承公益事业，邦哥都用心用智给予帮助。

都说机会留给有准备的人，抓住机会的人便可以实现理想和奋斗目标。随着时代的改变，发展新农业、人民奔小康、振兴新农村，便成了生活在“幸福院子”的邦哥和他身边汝湖的农民兄弟们的理想和目标！

# 甜玉米情缘

李　艳

惠州市区东北部，东江中游的西岸，有一座历史古镇，名叫汝湖镇。相传，七仙女下凡游玩时，被汝湖的美景吸引，流连忘返，天帝派天将捉拿，七仙女便化成七个湖，称作“七女湖”，后改名为“汝湖”。2003 年区划调整后，原汝湖镇、仍图镇合并为今日的汝湖镇。汝湖镇是一座历史古镇，素有“东江商埠”之美誉，甜玉米是这里的特色农产品。

甜玉米作为汝湖镇的特色产业，种植基地在全镇各村遍地开花，规模空前，由此，汝湖镇被市政府授予“惠州市甜玉米之乡”，被省科技厅授予“科技创新专业镇”称号。其中，惠州市盈佳农业发展有限公司在领头羊林泽权的带动下，近年来更是连创佳绩，成了当地的龙头企业。

林泽权何许人也？他是怎么带动全镇经济，把甜玉米产业做成行业标杆的？其中还有不少故事呢。

1996 年的一天，博罗县石湾报警中心接到了一起失窃案报警，有人报案说家里被盗了，接警后的林泽权马上赶过去调查处理，到了那里，才知道被盗的事主是位在石湾镇租地种玉米的广西农民。

案子调查结束后，林泽权犹豫了一下，问广西农民：“你种的玉米是什么品种？和我们本地的好像不太一样？”农民告诉他：“我这地里种的可不是普通的玉米，是广西研究所培育的‘广西超甜 28 号’。”林泽权一听是从研究所培育出来的种子，心里又好奇又兴奋，他告诉农民自己老家也种玉米，但只是普通喂家畜的玉米。农人便拿出两斤玉米种子，让林泽权带回去试种。两人从此结缘，成了朋友。

一个派出所的接警员，何以会对玉米有这么大的兴趣呢？这得从林泽权的家庭讲起。

林泽权出生于汝湖镇横山头村，家庭条件不算富裕，全靠父母饲养家畜和贩卖饲料玉米为生计。因为自己家种的玉米比较普通，人畜均可食用，所以，也有人称为饲料玉米。汝湖镇的砂质土壤非常适合甜玉米的生长，加上汝湖特有的水质，种出来的玉米格外甜，维生素含量非常高，是稻米、小麦的 5—10 倍，与当时农户种植的饲料玉米相比，甜玉米更有市场价值。1988 年，在政府的倡导下，农产开始引进种植甜玉米。当林泽权听到广西农民说起自种的玉米种子是广西研究所培育出来的之后，就产生了极大的兴趣。他回到汝湖后进行了一个摸底调查，发现汝湖镇的农民虽然大量种植甜玉米，但销路不如外地人种的“广西超甜 28 号”甜玉米在全国的销路好，其中的奥妙无疑便是选用的种子不同。



林泽权下这么多功夫去调查甜玉米，又是为什么呢？原来，当年他从部队退伍后，做过许多推销工作，在经历了数次创业失败后，他放下了梦想，安安分分地在石湾报警中心工作了起来。在石湾度过了两年安稳的生活后，不甘心就这么过一辈子的林泽权反思起来，以前的经历一幕一幕从眼前划过，他想起自己 14 岁那年暑假，他跟着堂哥用自行车载着上百斤的豆角和苦瓜，半夜 12 点从菜地出发，一路跌跌撞撞，赶在天亮前到达惠州南坛市场，蹲在市场一角卖菜，以此为自己筹措上学的学费。那段艰难的岁月，林泽权久久难以忘怀，每每把数百元的收入揣进兜里，他经受的苦便都消失得无影无踪，巨大的喜悦和满足感，带给了他无穷的力量。而今，那种力量似乎在安逸的生活之中慢慢消失，他特别害怕，一旦自己失去梦想，人生将会变成什么样？

林泽权在调查甜玉米市场期间，还发现惠州城区市场对甜玉米的需求很大，恰好汝湖镇委、镇政府正在大力支持发展甜玉米种植，如果能在惠州城区打开汝湖产甜玉米的市场，那将是一份巨大的收益。但家里人都不支持他辞职回家种玉米，所以，在与广西农民结识后，林泽权悄悄把得到的两斤玉米种子带回去，让家里的亲戚试种，玉米收割后，亲戚兴奋地告诉林泽权说：“这种玉米真不错，产量高，甜度高，口感好，比我们这儿种的甜玉米还好！”亲戚的反馈，让林泽权兴奋不已。平静下来后，他不顾家人反对，毅然决定辞职。从穿上军装到脱下军装，到穿上警服再脱下警服，林泽权最终选择了披上布衣，回到家乡，开启了与甜玉米共舞的人生。

起初，林泽权选择了和其父亲类似的贩卖之路，先买了辆二手小面包车，把汝湖镇的甜玉米运到博罗县和惠州市内去卖，因为卖的是汝湖的名优甜玉米，再加上他薄利多销，生意自然就比别人好。生意好了，甜玉米就卖得多，卖得快。头脑聪慧的林泽权在空车返程的时候，灵机一动，还顺路拉起了客，用来贴补油费。

有一天，林泽权拉到了一位身材高大的客人，为了迁就其他乘客，就特意请那位客人坐在副驾驶座上。闲谈中得知对方是来当地收购甜玉米的罐头加工商，林泽权一听，心里乐开了花，自己是贩玉米的，对方是收玉米的，这可真是瞌睡来了有人递枕头。林泽权打算抓住这个商机，一路开车一路聊，到了目的地，俩人一拍即合，达成了一项供需合作。

从零售小贩到直接供货给加工商，林泽权的销售业务有了一次腾跃，随着业务的不断扩展，林泽权迅速占领了汕头、揭西、普宁等外地销售市场，成了本地同行业的领跑人。业务不断扩张，林泽权为了保证自己有足够的货源出售，便和农户签订了承销甜玉米的订单。时至 2000 年，林泽权已成为当地甜玉米的流通大户，订单种植面积达 3000 多亩。

2004 年，惠州市政府授予汝湖镇“惠州市甜玉米之乡”称号。

不经历一些风雨，又怎么能看到当空的七色彩虹？没有谁的成功是一帆风顺的，林泽权也一样。

随着汝湖镇政府对甜玉米种植的大力推广，当地甜玉米产量也开始一路飙升，并且因为产量太大一时成了滞销品，市场价一跌再跌。林泽权当初承诺农户的玉米收购价格是每公斤 1.2 元，在市场行情不景气的情况下，玉米加工厂强硬地把玉米的收购价格压低到每公斤 0.6 元。此时，如果林泽权也选择毁约降价，种植户就算勉强把玉米卖给他，但心里肯定有意见，到了下一季，种植户还会相信他吗？后面的购销合同还能顺利签订吗？几经考量，最终，为了履行自己的承诺，林泽权自掏腰包，垫补了这100多万元的差价，也正是因为这次诚信之举，他在农户当中不但树起了威信，也有了口碑。

事件过后，林泽权仔细想了想，悟出来这次亏本的原因是自己没有加工厂。在合作过程中，一旦加工厂给自己穿小鞋，自己就只能被牵着鼻子走，没有一点反抗能力。综合考虑后，林泽权下定决心，一定要有自己的甜玉米加工厂。

2005年，林泽权与友人合资创办了“惠州市盈佳农业发展有限公司”，又通过与深圳万家宜公司合作成立加工厂，引进了甜玉米罐头和速冻产品生产线，公司业务也蒸蒸日上，日加工产品300吨。

生意越做越大，如何保证货源的优良品质和稳定的产量，成了林泽权的当务之急。

他去外地学习取经，结合当地的实际情况，推行“公司+技术+基地+农户”的发展模式，优化“产—供—加”一体化链条。和农户签订收购甜玉米订单，不仅可以带动更多农户参与种植，保证种植户和收购方的产供稳定性，也满足了加工厂的用料需求。此外，盈佳公司与甜玉米种植户签订“种植订单”后，会向种植户提供优质种子和肥料、农药，待产品收购后再按成本价扣回费用，这期间公司免费提供技术服务，指导农户正确科学地种植甜玉米。这便是公司向种植户承诺的“两供一免”优惠措施。

成为甜玉米加工行业的佼佼者之后，林泽权计划掀起一场甜玉米的“二次创业”革命。盈佳公司在2008年与华南农业大学合作，把甜玉米的秸秆、穗轴、苞叶经过粉碎后加工成鸵鸟和家畜的饲料，衍生出另一条产业链。同时，公司也把环保餐具纳入研究项目，把一些废弃的秸秆经过特殊处理，加工成各种各样的环保餐具。

经过多年的发展壮大，公司创下盈佳、阳光山谷、万家宜三个明星品牌，主要加工玉米汁、玉米粒、玉米棒、玉米罐头等多种食用产品。如今，电商大行其道，成了经济时代的新宠儿，林泽权称，现在的玉米产品销售，除了传统的线下销售，通过小程序、App让广大消费者网上自购，也是一条新的销售渠道。

林泽权是退伍军人，因此他对复退军人的帮助也是竭尽所能。多年前，邻村一位老复退军人，因为种植甜玉米失收，导致家庭经济陷入困境，林泽权听说后，马上给老人送去了价值1000多元的甜玉米种子，并且免费提供肥料，帮助老人一家渡过难关。在他的大力扶持下，老人很快走出了困境，甜玉米的种植面积也从8亩增加到23亩，成了当地脱贫致富的榜样。

盈佳农业公司在林泽权的领导下，业绩蒸蒸日上，为当地村民解决了就业问题。盈佳公司不仅安置村里的低保户在加工厂工作，让他们有稳定的收入，过上了稳定的生活，还帮扶村民增收增产，引领横山头村、沙洲尾村、村尾村、仍中村、黄埔村、芦洲镇上青村、惠东宝口镇禾多村等7个自然村的群众脱贫致富，共同走上了一条金灿灿的甜蜜大道。

二十多年间，林泽权从最初贩卖玉米，到种植玉米，再到加工玉米，他把汝湖的甜玉米带出了广东省，推向了港澳地区乃至国外。他的心里酝酿着更大的目标，就是让自己的加工厂向国际化标准并轨，所有的加工设备自动化、一体化，达到健康卫生、快速高效的加工效果。林泽权虚心好学，务实笃行，运用科学的管理方式、人性化的服务态度，把盈佳公司做成了龙头企业，带动了当地的经济发展，这正是“人能尽其才”；而汝湖镇政府利用当地的特殊土质，引导民众种植甜玉米，因地制宜，这正是“地能尽其利”。

林泽权在创业的过程中，突出了领头羊的精神，带领着生活在这片土地上的人们，占天时，得地利，生活日新月异。民富国强，正是我们为之奋斗不息的共同理想和远大目标。

# 南新村的幸福源

梨　花

## 乡村巨变南新村

盛夏，骄阳似火。这天，我们来到汝湖镇南新村采风。我边走边记录边思考，走在南新村村道，追赶着前行的队伍，又怕漏掉哪些重要的部分没记上。走着，看着，和城镇一样的水泥村道，两旁行道树为行人遮阴避暑，美景让我忘记了酷暑，一阵微风吹过，让我通红且挂着汗珠的脸庞得到了些许的凉快。我们看到一栋栋二层三层的“玉米房”藏在绿树中，看得出，丰收是汝湖镇的绿色特色农业亮点之一，山水在笑，村民在笑。田里，种满玉米，远看似一大片嫩绿的草地。玉米正是扬花时，它们也随风向我们招手。哇！绿水青山，鲜花满园。啊！南新村，真真令人心旷神怡。

南新村实施乡村振兴工作以来，在汝湖镇党委和政府的领导下，在各部门、各单位及乡贤的大力支持下，党员、群众共同努力推进美丽乡村建设，抓牢甜玉米主导产业，村民经济收入不断增加，村容村貌焕然一新，民风淳朴，村民安居乐业。确实，南新村发生了巨大的变化，尤其是南新村人的精神面貌。难怪，村里的干部和村民们的脸上露出的都是笑容。党对人民群众的关怀，都隐藏在老百姓的笑容中。乡村振兴，让人们感受到中国农民精神风貌的改变。现在我们已进入壮美时代，作为文学爱好者，要把文学坚定温暖的力量传递给大地上更多的人，用笔下文字抒写古老而美丽的土地。我们在南新村这一美丽的地方，捕捉晶莹露珠的清秀、泥土的芬芳，倾听时代发展的铿锵足音，抒写新时代的乡村振兴。

## 历史悠久南新村

南新村位于汝湖镇东部，面积3.8平方公里，人口2550人，是广东省文明村镇。村中主要姓氏有林氏、洪氏、郑氏3姓。辖村民小组5个，分别是大坐头、大吕埔、二坐头、沥边和岗山等村小组，先祖来自福建，讲闽南语。主要产业为甜玉米种植。据说，明朝末年，从闽南迁徙到粤东的林氏先祖到了仍图，见仍图三面环江，群山拥抱，认定这里就是古代传说中的海上瀛洲、蓬莱、方丈三座仙山，视它为风水宝地，命名为“瀛图”，后改名为“仍图”。祖先在此定居后，开发仍图，繁衍后代，才有了今天繁荣的仍图。

村党支部书记兼主任林冠辉，一个敦厚的“90后”年轻支部书记，带我们走访了5个村小组。走过看过，每个自然村组都有自己的亮点。

我们先来到真君宫，林书记介绍，这是他们的前辈四百年前从福建迁来时就请过来的真像——“药王”孙思邈。林姓族人从福建辗转迁徙到此地时，为了感恩像孙思邈一样遇难成祥的医生的医术医德，迁徙时就带上了这座尊像，在当地建了一座真君宫用于供奉，尊其为“医灵大帝”。林书记说，真君宫巡游始于明末清初，是市级非物质文化遗产。真君宫巡游是南新村和仍中村每年一次的盛会。元宵节这天，林陈两姓人穿上绸布袍褂，头戴圆顶礼帽，把“医灵大帝”从真君宫请出来，由八位男丁抬着花轿在两个村子巡游，所到之处，众人都放下手中事务前来拜祭“医灵大帝”，祈求一年百事兴旺，风调雨顺，国泰民安。

仁英围，这是在林姓族人未迁来时就存在的建筑，是仍图的一座标志性古建筑。我们进去察看，围内四面砌墙，围墙以古代建筑糯米红糖“舂墙”的方式建筑，非常坚固，可以防备敌人侵犯。东南角和西北角各有一个角楼相对，角楼下各留一门正对，角楼是瞭望台，有守护的作用。它保存如此完好，着实令人震撼！这个古建筑占地面积4437平方米，据说是宋代军人安营扎寨的地方，也有人认为是当时官府为了保护铁矿冶炼而建的。这座长方形的古围屋，气势宏大，沉积着厚重的历史文化，直到今天，仍在闪耀着让村民感到骄傲的光芒。

有着全国林氏祠堂一样风格的林氏祠堂建筑，记载了先祖迁徙的艰辛；南新村人引以为豪的祖先名人、安徽省文学艺术界联合会名誉主席林澄思，是中国文联全国委员、中国戏剧家协会常务理事、安徽省政协常委，著有话剧《毒手》、诗集《英雄岩》等。

我们走着看着，见前面有个旧糖厂，是20世纪70年代的产物，设有压榨机房、锅炉房、车间房、晒场。林书记介绍，过去它每日可产红砂糖2000斤，由政府统一收购，它象征着当时的南新村就已经是农业经济发达的“甘蔗之乡”了。

在村委会办公室，林书记谈到，2021年8月，为了进一步改善人居环境，建设宜居生态美丽乡村，南新村通过党建引领，带领村“两委”干部、党员、积极分子及志愿者参与，大力开展人居环境整治行动，包括三清三拆三整治、村道沥青铺设、厕所革命、建筑微改造、雨污分流等。当年下半年，各级投入近500万元，打造了5000平方米的甜玉米家园，完成围墙整治近300平方米，6公里的村主干道实现全沥青罩面，并进行绿化整治与提升。

南新村还利用房前屋后空地建设标准化“四小园”。“四小园”即在村里打造“小公园、小菜园、小果园、小花园”。每个村房前屋后难免有些杂草丛生的闲地，他们动员群众，整理好这些闲地，按具体要求打造“四小园”，种上菜、果、花，美极了。看到这优雅环境，无论是当地村民、还是外来游客，都会眼睛一亮，感动加赞叹：农村变花园了。这一系列工作既保留了乡村原貌，又让村庄环境实现从“脏乱差”到“洁净美”的华丽转变。看到村子的转变，群众共建热情越来越高，满意度、幸福感明显提升。

习近平总书记说过：“农业农村工作，说一千、道一万，增加农民收入是关键。”南新村正处在汝湖镇“湾畔穗香 · 甜美瀛图”一二三产业融合发展产业带上，农业耕地面积2380亩，其中甜玉米耕地面积1200亩，是名副其实的“玉米村”。汝湖镇因地制宜，不断找思路、想出路，组织甜玉米产业“大家谈”座谈会，让大家集思广益，探索甜玉米联农带农模式；还与农业龙头企业合作，保价收购，拓宽销售渠道，促进农民增收。

此外，汝湖镇还筹划举办玉米节活动，南新村作为主要的活动场地，吸引了不少外来游客的关注。连片的玉米地成了村民们增收致富的希望，村民说：农业发展更加有奔头了。

林书记说：“我想，借乡村振兴的东风，南新村一定能够用汗水实现农民富足、乡村美丽、产业升级的美好生活。”

## 热心的乡贤

在村委会办公室，村支书林冠辉叫来几位乡贤老者，并为我一一作了介绍。乡贤们很热情，积极发言，向我介绍村子的情况，他们敞开话匣子，说得最多的就是南新村的巨大变化。谈到乡村振兴，南新村理事会会长林伟珊娓娓道来。

他说，20 世纪 80 年代以前，汝湖一带村民的住房都很小，每个家庭的房子建筑面积仅有 33 平方米，都是平房瓦屋，不管 10 个人住还是两夫妻住，面积都一样。这里沿江，遇刮风下雨，洪水冲进家门是常事，洪水浸屋，房屋倒塌，年年抗洪，生产队指挥群众集体往高处躲避洪水。东江河水经常暴涨涌进村子，夏季台风天更是如此。村庄大路小道坑坑洼洼、杂草丛生，上面有牛粪、果壳、甘蔗渣等，村巷村道是凹凸不平的烂泥路、石子路，村子里的池塘、水沟、粪池到处飘着废弃塑料袋，田间地头到处可见农药瓶子，村民赖以生存的水源、田园、家园受到严重污染。

村民那 33 平方米的房，屋内不但住人，还兼作厨房，养猪养鸡鸭鹅、放杂物等都在里面。全村人共用一间厕所，每天早上全村人都在那间厕所外面排队等候，如果逢年过节稍微吃点油腻荤腥，拉肚子的队伍更是吵吵嚷嚷急不可待。而现在，每家都是二三层别墅式的住房，每家都用上了抽水马桶，公共场所也有了整洁的公共厕所。

当时，每个工（劳动力）分红只有二三角钱，村子大部分村民（那时叫社员）都属于困难户。一日三餐，村民基本上是一天吃一顿米饭——早晚吃粥，中午吃饭。如果晚上有饭吃，就是很不错的家庭了；家里孩子少的，每天能吃两顿饭，就算是很富裕的了；家里孩子多的，一日三餐最多只能吃上一顿白米饭，大多数时候都是吃番薯饭。生产队虽然也有米、油分配，但是到年底结算，几乎家家户户都超支，超支就写欠条，只能挂账，即使是劳动力多的家庭，也会挂账。年年欠款，年年挂账。

六十多岁的林伟珊谈起以前，感慨万千。他说，谈变化，当属村子里的人穿着变化最大。以前人们去趁圩，我们这些乡下人皮肤黝黑，女人穿连襟衣，后面扎辫子，男人穿粗布衣，衣服有补丁。有句话说：新三年，旧三年，缝缝补补又三年。这句话是我们乡下人的口头禅。鞋子也是稀罕物，不到很冷是不穿鞋子的，趁圩就打赤脚。趁圩时，连镇上的小孩子都看得出我们是“乡下佬”，是疍家人。但今天，这种区别已经完全看不出来了，女人五花八门的发型和妆容，多姿多彩的衣着布料款式，让人再也分不出乡下人和城里人，这个变化是最大的。





林伟珊说，南新村靠近东江，土地肥沃，那时也被称作“鱼米之乡”，当年，拥有一辆自行车，是一个家庭的追求，收音机更是奢侈品。但今天，只要你任意走进一个家庭，家用电器如电视机、电冰箱、空调、电话等一应俱全，手机是必备工具，私家轿车、电脑给人们的生活带来了极大的方便和无穷的乐趣。商场、农贸市场的商品琳琅满目，应有尽有。

现在南新村许多老人也像城里人一样，讲究养生。他们说今日的幸福全是托了共产党的福啊！村民生活安定、幸福，老人老了，就想到活过一百岁，多享福。

林书记说，在工作中，广大党员干部始终把全心全意为人民服务作为根本宗旨，把人民满意不满意作为最高标准。几十年来，国家乡村政策一直在调整，一直在关注改善村民生活水平。镇政府抱着“让人民满意，就要对人民怀有深厚的感情，勤勤恳恳为人民工作”的理念，让群众得到实惠。

林书记说：“在脱贫攻坚的工作中，我们遇到过许多困难，特别是‘精准扶贫’工作。其中有一个典型的例子，这个家庭非常特殊，他们困难到极点，非常符合扶贫条件，但这个家庭的属地又不在我们管辖的范围。”说到这，林书记和林伟珊情绪有点激动，为我说明了这个很特殊的扶贫例子。

南新村有个小孩叫王志强，父亲去世了，母亲外出务工，他一个人住在村子的老屋里，做饭洗衣买菜等一切家务均由他一个人完成。他应当属于村子扶贫的对象。但是，他不是南新村的村民，他同母异父的哥哥姐姐才是南新村的村民。原来，王志强的母亲是外省人，嫁到了南新村，但户口一直没迁入村里。王志强的母亲在南新村生了一男两女 3 个小孩，后来丈夫因病去世，她改嫁到了外省，在外省她生了王志强。在王志强 5 岁时，他的生父因病去世，不久后他的母亲就带着他回到南新村，在她前夫家居住，但一段时间后就出去打工了。王志强小小年纪只能一个人在家，平时由他母亲前夫的兄弟和他同母异父的姐姐帮忙照看。

王志强来到南新村时，已经可以读一年级了，因为他不是本地户口，所以就没学位，但得让孩子有书读啊！南新村的爱心人士帮他协调，找了一所学校上学，现在王志强已经小学毕业，马上要读初中了。王志强一个人住在老房子里，南新村干部就设法帮助他、关照他，凡中秋、春节等节日都会去慰问他。

林伟珊说："民政局的领导过来找我，商量怎样帮助他。我们商定从慈善总会拿钱，比如装修、买家具，后续的很多事情也由我来解决。我找了一个老板来扶持这个小孩，而我则以商会会长的名义来扶持他。王志强已经 13 岁了，是懂事的时候了，他对社会有一种感恩之心。我们扶贫，实际就是拿钱出来，为小孩解决困难。这些花了的钱，花到哪里？得有一个记数，这是最基本的。这个小孩是很独立的一个小孩，而且很懂事，值得扶持，但我们不能把钱直接给小孩，因为他有监护人，就是他妈妈。妈妈如果一年到头没回来，又找不到其他亲人，他还有两个姐姐在仍图，把钱交给小孩的姐姐，更靠谱。"

## 尾声

坐在回程车上，我老在想，南新村巨变，村民的幸福生活，充分体现了我们国家近 40 年的变迁发展。我们记述新时代农村的新人新事新貌，记录脱贫攻坚、美丽乡村、乡村振兴等重大战略、重大工程的实践过程，展现它们给人民群众物质生活和精神面貌带来的巨大变化，是作家的责任和担当。乡村振兴不单是乡村的事，它需要全民族的关心和努力。从另一个角度来说，没有乡村振兴，就没有全民族的复兴。

# 稻草龙的精气神

## ——记惠州市非物质文化遗产舞稻草龙的传承人代表陈玉祥

邱燕妮





## 稻草龙的前世今生

小时候，我听长辈们说过舞稻草龙的故事：

“飞龙在天，喜庆余年，龙神庇佑，五谷丰年……”汝湖镇长岗岭（上围村）的陈氏祠堂下厅里，一张被岁月磨得光滑的小木凳上坐着陈玉祥的大伯陈流民，他幽幽看着祠堂第一进的天井喃喃地说着。那从屋檐上滴嘀嗒嗒落下的雨，落在天井上，汇入天井四周的低洼处，再慢慢流入出水口，出水口的石头在水流中显得更加光滑明亮。初冬的雨下得有点大，漫过浅浅的青苔，天井还是积了不少水。

上厅小香炉上青烟弥漫。

“如果这场雨下在北方，那就是瑞雪了，瑞雪兆丰年啊。今年春节大家用心舞稻草龙，神龙一定会庇佑我们六畜兴旺，收成越来越好的……”陈流民手拿稻草，边扎边用闽南话对着坐在他旁边的陈玉祥说着。

七八岁光景的小玉祥看着天井上面下雨的天空，眨着好奇的眼睛问：“大伯，为什么用心舞稻草龙就会有好收成呢？”

陈流民停了手中扎着的稻草，双手合十，然后笑了笑对小玉祥说：“神龙是我们祖先的庇佑神，神龙能主宰上天，给我们好的天气。春节时把神龙请到家里，虔诚拜祭，让它知道我们来年的愿望，让神龙和灶神会一会，交流一下，自然会给我们一个好收成的。”

陈流民见小玉祥很感兴趣，于是，便和他说起了关于舞稻草龙的事。

“我听爷爷的爷爷的爷爷说啊，我们祖先四百多年前来到这长岗岭，这里还是一片荒凉，祖先开荒种植。起初，人畜都不兴旺，生活得很艰辛，一场瘟疫下来，人畜都面临绝境。后来，祖上想起我们在福建的时候，每年都要舞稻草龙，拜龙神祈愿，他就点着香火用稻草扎起了龙，就这样，凭着印象把一条稻草龙扎了出来。说来很神奇，祖上把扎的稻草龙放在河边，并烧了很多很多稻草，火光把天空都照亮了，村民们都出来看怎么回事，连回圈的猪呀狗呀，都围着火在叫着。当晚，祖上梦见稻草龙飞上天了。第二天，他到村里一看，那些病蔫蔫的牲畜都生猛起来，好像瘟疫从不曾来过。第二年春节，祖上就舞起了稻草龙，像祖上梦见的飞龙在天那样，就这样沿袭到现在了。你要记住，龙是我们的庇佑神，要敬畏。”





小玉祥点了点头。

## 陈玉祥与稻草龙的宿缘

陈玉祥家的老屋就在祠堂旁边，姐弟五人，他在兄弟中排老大，从小就很有老大的气派，还喜欢在小伙伴中做小领班，心里总有一种长大成人的向往。因为小的时候总听大伯陈流民、陈锦胜说舞稻草龙的故事，所以陈玉祥对龙有着各种想象。

平时，他总喜欢拿着小竹棍，有时带着弟弟，有时和陈玉其、陈玉周、陈景伟、陈启阳、陈动华这几个小伙伴在村里的稻田、甘蔗林、小树林里穿梭、奔跑，想象着龙在自己手上飞舞的样子。在野外的奔跑，练就了小玉祥敏捷的反应和结实的身体。那放飞在宇宙之间、大自然之中的想象，慢慢变成小玉祥精神世界中的一种坚信和使命。

10 岁那年，秋收之后，陈玉祥帮爸爸妈妈把稻草从田里担回了家，在屋前面的空地上堆起了稻草堆。几个稻草堆像一个个大蘑菇在祠堂前的空地上冒出来。小孩们就围着稻草堆无忧无虑地玩着。那年稻子抽穗的时候雨下得特别少，加上稻田管理、耕种技术也有待提高，所以年成不好。农田收成不好让村民们都犯起愁来，各家的小孩都不少，温饱成了最大的问题。虽然大人们不说什么，但是他们脸上愁云密布的样子，让小玉祥印象深刻。有时，小玉祥在家里都能听到大伯陈流民在祠堂里唉声叹气，还看到初一十五大伯总不忘烧香念念有词地祈求着什么。

那年入冬后，大伯就张罗起了村里舞稻草龙的事。谁家的小子长得结实、强壮，舞龙头；谁家的小子臂力强、身手灵活，就舞龙身；谁家的小子个子矮小却腿脚粗壮的，就舞龙尾……陈流民对上围村各家男丁的情况都了如指掌，并在心里细细考量着。而小玉祥成天跟在大伯的身后，对舞稻草龙这事可谓是耳濡目染，他带着小伙伴们一起商量着扎稻草龙的事。

在舞稻草龙这件事上，扎稻草龙算是技术活。村里每次舞的稻草龙都由陈流民指导三四个村民共同完成。小玉祥在祠堂里看过大人们扎稻草龙。冬日里的一天，大人们都忙着种小麦、找粗粮以补充家里的粮食，小玉祥和陈玉周、陈景阳等几个小伙伴们在祠堂一本正经地玩起了扎稻草龙的游戏。

小玉祥他们从祠堂前的稻草堆里拿来稻草，把龙分成龙头、龙身、龙尾三段，一步一步来完成。正所谓万事开头难，扎稻草龙得从龙头扎起。家里不好找铁丝，他们就用竹篾代替铁丝，先把稻草扎成一根根的辫子，然后把事先从竹林里砍来的竹子削成竹篾，把龙头的架子搭起来。接着把稻草辫一根根地缠在竹篾架上，很快一条张着口的龙头雏形就出来了，龙张开口当然就能看到舌头，小玉祥灵机一动，把一张纸剪成舌头状再染成红色，这样，龙头就栩栩如生了。龙角先用竹篾做支撑再绑稻草辫，他们分工明确，一人扎稻草辫，一人稳住龙架。很快龙角扎成，小玉祥和小伙伴们情不自禁地欢呼起来。

“龙颈，龙颈！”小伙伴喊着。小玉祥看了看祠堂上方的雕刻，好像在回忆什么，接着他拿起稻草用一个活结直接把稻草一分为二扎在龙的脖子上，一根根稻草在龙的脖子上垂下来，风一吹，龙的霸气马上显现。龙口下方还有短短的龙须，他们就把稻草剪短再系到龙口下面。龙眼是突出来的，他们就找来两个小纸团揉成圆形，再用一支小竹签把龙眼固定在龙头上。这样，一个活灵活现的龙头就扎好了。看着扎好的龙头，大家都不说话了，好像神龙真的降临了，他们神情庄重，和龙默默地进行着情感的交流。

扎龙身的时候，小玉祥仿佛已经看到一条大龙在移动，他先把稻草扭成一小把一小把，再用稻草把它们捆起来，一节接一节，龙身长四五米，弯曲地伏在地上，接上龙头，小玉祥和小伙伴们都惊呆了。

小玉祥赶紧把龙尾扎出来，稻草龙终于扎成了。小玉祥站起身，小伙伴摇着他的双肩，兴奋地叫起来："一定是神灵上身了，你会扎稻草龙了！"

小玉祥看着扎成的稻草龙，虽然没有大人们扎的那么长，但是，整体看起来龙的形象还是很逼真的。

那时祠堂旁边住的人很密集，天井左右两边都各有一个门可以通向一条巷子，巷子两边都住着村里的人。陈玉祥的父母和住得近的村民听到孩子们的叫声，都赶来祠堂。陈流民见了陈玉祥扎的稻草龙，脸上慢慢展现出了欣喜之色，兴奋地对着陈玉祥的父母说："舞稻草龙后继有人啦！"

他看了看稻草龙，走到小玉祥身边，摸了摸他的头高兴地说："过几年就可以让你来舞稻草龙了。"

那一天，扎好的稻草龙小玉祥并没有和小伙伴舞起来，但是，当天晚上，他梦见自己和小伙伴在祠堂前面的空地上舞稻草龙，舞着舞着，稻草龙变成了真龙，在他们身边飞着……

说来也奇怪，那年冬天，村里流行的麻疹、水痘，小玉祥都没有被传染，连个小感冒都没有……

作为新一代非物质文化遗产舞稻草龙传承人代表，陈玉祥清晰地记得他学会扎稻草龙之后的第三年，也就是他 13 岁那年，他被挑选为村里的舞稻草龙队员。那年秋收后，为了庆祝丰收、答谢龙恩，村里举行了舞稻草龙庆祝活动。

那年的稻草龙由族长陈锦胜扎好龙头，村里的另外几个人一起把龙身、龙尾扎好。所用的材料和小玉祥第一次扎的有些不同，铁丝做龙头、龙角的模型，龙尾用干竹尾劈叉做好，龙头、龙身、龙尾接在一起，接的时候龙头、龙身、龙尾都留出间隔，这样舞动的时候就能灵活生动。龙身长 13.6 米，由 10 个人来舞，寓意人一生六六大顺、十全十美。

秋收后的那天晚上八点，上围村锣鼓喧天，爆竹声声，到处洋溢着一片喜庆。村里德高望重的陈锦胜带着舞龙队去村里的小河边请龙。陈锦胜为人忠厚老实、公平正义、和蔼可亲，深得大家的尊敬和爱戴，所以由他来请龙。这条河虽然没有东江那么宽大，却是村里的排涝水沟，掌管着村里的水位。陈流民舞龙头，陈玉祥舞龙身。当时整条稻草龙都插满了香火，小小的火光一闪一闪的。龙的眼睛上点着两支蜡烛，火光闪耀。请龙的仪式很庄重，陈锦胜烧了元宝蜡烛香后嘴里念念有词。大家屏息凝神，虔诚地请龙神聚在稻草上。请龙后，大家跟着到村里的关帝庙去拜关帝。村民们跟着舞龙队，好不热闹。

稻草龙在关帝庙前舞动着，十个人用竹叉叉起稻草龙，高低起伏，生龙活虎，非常精神。龙头时而高，时而低，在庙前的上空飞舞，灵活多变，伴着锣鼓声，令人振奋不已。龙张牙舞爪、腾飞穿梭的气派让人肃然起敬。龙的精气神展现在舞龙人强壮的体魄、稳扎稳打的马步和矫健的身姿上。拜完关帝后，舞稻草龙队就逐家逐户去拜灶神，祈求六畜兴旺、五谷丰登。因为当年丰收，村民们都很高兴，各家村民也给龙神一份红包以作答谢。

拜完灶神之后，就是送龙的仪式。舞龙队敲着锣打着鼓，把稻草龙送回到请龙的地方，再把稻草龙焚烧，送龙上天，祈求龙在天上庇佑上围村的村民。

…………

“其实舞稻草龙要有很好的体魄。”陈玉祥从第一次舞稻草龙的回忆中渐渐回到现实，笔者在他的陈述中，感觉跟他回到了那个在习俗中传承舞稻草龙的岁月。时代在发展，舞稻草龙也在发展中传承着。过去龙眼睛点蜡烛容易着火，比较危险，所以现代扎稻草龙就做了一些改良；以前年成不好或是丰收都要舞稻草龙，现在改成大年初一和正月十五舞稻草龙。我想，无论稻草龙的形式怎么变化、舞草龙的时间是否一样，它都凝聚着上围村村民对祖先的敬重、对神灵的敬畏、对上苍的尊重。

## 稻草龙舞出乡村振兴大擂台

2021 年 4 月 20 日，在广东省惠州市惠城区汝湖镇上围村新时代文明实践站，陈玉祥全神贯注地扎着稻草龙，这次，他要带领村里的舞稻草龙队参加惠州市的乡村振兴大擂台。

汝湖镇上围村处于汝湖镇长岗岭一带，现有村民两千多人。先祖在明末清初为躲避战火，辗转从福建省迁徙到惠州汝湖镇定居。舞稻草龙的传统习俗也是先祖从福建带过来的，通过口传身授的办法传承到现在，已有四百多年历史。

舞稻草龙从过去的生活习俗变成了现在的文化展演，其间走过了一段漫长的岁月。在这段岁月里，可以看到农耕社会的耕种方式，在新时代发生了翻天覆地的变化。但是植根在村民祖祖辈辈血液中的优秀传统习俗，总能给人带来灵魂的安定。这些独有的习俗，给汝湖的闽南客家上围村的人们带来了根的文化，濡养了他们一代又一代人的精神。

一个偶然的机会，村里的长辈陈流民再次说起他们祖先流传下来的舞稻草龙，而陈玉祥对年少时村里舞稻草龙也还有印象，于是向镇政府文化站提出恢复上围村舞稻草龙习俗的申请。很快村里体验过或听过舞稻草龙习俗的人就组成了舞龙队。2015 年开始，上围村的舞稻草龙队员深入到惠城区德育教育基地和长湖小学进行文化传承宣讲活动。在活动中，他们向孩子们介绍了舞稻草龙习俗的由来，并让孩子们亲身体验扎稻草龙，了解舞稻草龙的动作要领，受到了孩子们的热烈欢迎。在镇政府领导的指导下，以陈玉祥为代表的上围村村民觉得老祖宗遗传下来的传统要继承下去才能表现对祖先的敬重，于是和陈流民着手开展申请将舞稻草龙列入市级非物质文化遗产的工作。

经过一番努力宣传和准备申请材料，2019 汝湖舞稻草龙获批惠城区非物质文化遗产。但是不久后，第一项目传承人陈流民去世了。作为新一代舞稻草龙传承人代表，陈玉祥觉得自己有责任和使命让这一优秀传统文化得到传承和发展。所以，他义不容辞地担起了市非物质文化遗产舞稻草龙的传承责任。

乡村振兴，文化先行，因为文化是思想是精神，是把民众紧紧团结在一起的那股绳。民众团结了，思想统一了，乡村振兴的步伐才能迈开，乡村振兴的路子才能通畅。陈玉祥历经千辛万苦，带领陈动华、陈玉周、陈永汉、陈永福、陈立祥、陈叶忠、张伟国、陈远盛、陈照明、陈春新、陈瑞强等让汝湖舞稻草龙现身在惠州乡村振兴的大擂台上，并一举夺得惠州站第一名，为汝湖镇政府的文化振兴赢得 5 万元的资金扶持。

在组队参加乡村振兴大擂台的过程中，陈玉祥首先遇到的困难就是村里集体经济收入薄弱，村里没有经济收入就没有经费支持。正所谓巧妇难为无米之炊，没有经费，挑选队员便困难重重。年轻人出去务工了，留在村里的男丁普遍年纪比较大，可供挑选的人员非常有限。加上没有经费，队员们要无偿牺牲自己时间来进行训练和参加比赛，这意味着参加舞稻草龙的人需要对舞稻草龙真的有兴趣、有热情。一开始，16 个人都凑不齐，就别说舞得好不好了。但是，想到祖祖辈辈流传下来的习俗可能在这一代失传，陈玉祥挨个去做思想工作，直到把 16 人的舞稻草龙队组建成功。

笔者从陈玉祥口中了解到，他之所以愿意担起把舞稻草龙传承下去的担子，是因为他从小对舞稻草龙非常感兴趣，并听说过舞稻草龙的故事，也亲身经历过舞稻草龙，对这一习俗可谓是感情深厚。

上围村的村民们在对舞稻草龙非物质文化遗产的传承中，把龙的精神传扬，让舞稻草龙成为乡村文化振兴的重头戏，让其在人类文化的长河中熠熠生辉，伴随汝湖大地的人们走向兴旺发达的振兴之路。

# 农业状元王畅新

万蕊新

深秋渐浓，驾车驶入汝湖镇仍北村水稻种植基地，透过车窗，一派繁忙秋收景象雀跃着金秋的喜悦。一下车，一望无际的金色海洋跃入眼帘，沉甸甸的稻穗在秋风中摇曳，阵阵稻花飘香扑面而来，沁人心脾。秋阳洒落在此起彼伏的稻浪里，秋风中次第展开着丰收的画卷。

稻田不远处，一位中年男子，正顶着烈日，专注地在田间忙碌着，脸蛋及手臂早已晒成如稻谷一样的古铜色，在这秋收的季节里，我也第一次见到了惠城区农业状元——王畅新，只见他弯着腰，用一双粗糙龟裂的双手，细心地数着每束稻谷，时不时拿出随身带的小本子记录着，我的心底顿时对他的执着升起了一股敬意。

与当地人的攀谈中，我逐渐了解到，王畅新是仍北村出了名的丝苗米、甜玉米种植专业户，同时还是惠城区首批新型职业农民。村里了解王畅新的人都知道，他在田地工作的时间，比待在家的时间还要长，每一亩地在他的心目中，都有着血浓于水的亲情。

近年来，在汝湖镇政府的扶持下，王畅新带着村里人组成了种植团队，在他的带领指导下，仍北村培育的丝苗米、甜玉米等优质农产品，以独特的营养与口感，深受人们喜爱，由于产量高，销量好，仍北村在乡村振兴的道路上奔向了致富之旅。

为了不打扰王畅新的工作，我耐心地在一旁等待着他忙完手头上的活，再进行采访。过了好一会儿工夫，只见他一手利索地收拾好农具，一边朝着田边走来，步伐矫健，精神抖擞的他压根儿看不出是熬了一个通宵的样子，这对他来说是再普通不过的事情。大伙儿都打趣地说着，王畅新只要一闻到稻谷的清香，就如同打了鸡血差不多。得知我是特意来采访他的，王畅新顾不上休息，热情地邀请我们来到了他的工作室。

一打开大门，工作室比我想象中的要简陋得多，几十平方米的小屋，被各式各样的新款农用高压喷雾器、农业书籍、肥料等物品占了不少原本便不大的空间。“王师傅，您平日里一定是位农作物种植迷”，听完我的话语，王畅新忍俊不禁地点着头，原本拘谨的他，也慢慢地打开了话匣子。

## 情系故乡，萌发种植梦想

高中毕业那年，刚满 17 岁的王畅新，作为家里的主要劳动力，同村里其他小伙子一样，迈入了外出打工的队伍行列。

说起王畅新的创业经历，倘若全写下来，都能出一本书，十多年的打工生涯，他历经了人生的酸甜苦辣，愈加磨炼了他的意志力。

他曾在广州、深圳、东莞来回跑业务，每个城市都留有他打工的印记，最后王畅新来到了深圳一家大型超市做起了销售工作，每当他和大伙儿一起从货车上卸下一捆捆绿油油的蔬菜、扛起一袋袋大米，整齐地罗列在超市的橱柜里，触摸着熟悉而温暖的农作物，来自农村的他，心中总是感慨万千。

晚上，王畅新独自回到宿舍躺在床上，一缕缕稻谷与蔬菜散发的清香萦绕在他心扉深处，总令他情不自禁地回想起仍北村的一片片黄土地。汝湖镇山清水秀，土质优良，地理环境优越，极其适合农业发展，接连几个晚上，王畅新彻夜未眠，他开始萌发了回村种农作物的想法。

王畅新做事的风格，历来雷厉风行，只要他认准的事，十头牛都拗不过他。2014 年，他果断地告别了打工的日子，回到了汝湖镇仍北村——这片生他养他的故土，亦开启了王畅新人生中的种植之旅。

那段时日，他常来到自家门前的农田，望着田地里快长得半个人高的杂草出神。那时村里不少年轻人同他一样，纷纷选择外出打工，村上不少地都荒着，这么宝贵的土地，如果不用来耕种，着实太可惜。想到这，这位土生土长的农民汉子心里一阵隐隐作痛，蹲在地上不停地抽着闷烟儿，不知不觉愈加坚定了盘活闲置地、种植水稻的梦想。

王畅新将自己想尝试种植丝苗米的念头告诉了家人，可他万万没想到，这个想法遭到了家人的强烈反对，附近的村民也纷纷质疑。在他们的理念里，传统的杂交稻长势稳定，没有风险，是最靠谱的，丝苗米还是头一次听说，万一投资不成功，多年积攒下来的辛苦钱可就打水漂了。王畅新的想法遭到了大家的反对，连平日里最信任他的妻子也不支持他的做法。

王畅新毕竟是出去闯荡多年见过世面的人，并未因大家对他的不认可而打退堂鼓。他寻思着，先自己尝试种植丝苗米，等摸索成功了，他就要带动村里的人一起发展种植业。产量高了，规模大了，有了影响力，就能带着大家一起过上好日子，这就是他这辈子最大的快乐。

顶着巨大的压力，王畅新勇敢地迈出了种植的第一步。他决定先从自家十几亩地开始，开发第一批丝苗米试验田。那段时日，家里人成天都见不着王畅新的影子，从早到晚，他一直忙活在田地里，一番心思全放在了稻谷上。家人生怕他忙得忘了吃饭，特意做了午餐送过去，晚上的时候，饭盒却纹丝不动地摆在地面上，所有人都被王畅新的拼劲深深感动着。

种植初期，由于没有经验，缺乏科学的管理，再加上广东台风天气恶劣，王畅新的第一批丝苗米试验田彻底失败，种出来的稻谷干瘪细瘦，用手一捏，很多还是空壳，这样一来，连本钱都赚不回来。村里的其它杂交水稻早已到了收获的季节，黄澄澄的一片在阳光下熠熠发光。面对着自己辛勤付出付诸东流的结果，王畅新却未被失败击垮，他坚信自己一定能种植出丝苗米。

仍北村村支书刘景芳将这一切都看在眼里，他找到一个合适的机会，找王畅新谈心："小伙子，咱们要干好种植这一行，光靠硬拼是没用的，用蛮力是行不通的，咱得用巧劲才行，得学会用科学的种植知识去武装自己的头脑，这样一来，种植之路，才走得远，走得宽。"听了刘支书的话，王畅新深受启发。

当年，汝湖镇政府正好要申报去农科院参摩学习的名单，村里第一个名额就给了王畅新。王畅新放下手中的农活，开始了农业知识求学之路。出发前，村支书语重心长地对他说道：“种植丝苗米前景可观，是新型特色产业，你要学好扎实的专业技能，回来带着大家一起种植，实现丝苗米的优质优产，同心协力助力汝湖镇乡村振兴。”“我一定不会辜负父老乡亲的期盼。”王畅新斩钉截铁地回答，铿锵有力的声音回荡在山峦与田野间。

在乡政府、村委会的帮助下，自打2015年开始，王畅新风雨无阻去省农科院、广州、东莞、深圳等农业实地培训学习。听着老师们细心地对水稻栽培技术、种子撒播、田地管理、天敌控害、药剂防治等一系列农业科技种植技术进行讲解，王畅新聚精会神地边听边认真地做着笔记，生怕错过了任何一个知识点。

晚上，天已黑了，回到仍北村，夜深人静，王畅新在床头拿出白天携带的笔记本，用心地巩固着老师白天讲授的知识，为了能让自己更全面地掌握水稻种植技术，他特意去书店买了一大沓有关秧培及病虫害防控的专业书籍，他如饥似渴地遨游在农业科技种植的知识海洋中，时常不知不觉就读到了天亮。

他不由得发出感慨，怪不得自己第一次种植丝苗米水稻不成功，倘若不懂得科学农业种植管理，自己付出再多努力，到头来也是一场徒劳。一缕缕晨曦透过窗帘，洒落在书扉，一道道光亮，沿着蜿蜒的山路闪烁着希冀的光芒，一份份知识的力量，愈加坚定了他心中的梦想。

两年多的学习时光，转眼就过去了，王畅新风雨无阻地奔波在求学之路上。他惜时如金，每当他坐在开往城里的369路公交车上，都会拿起书本研读。他曾记得，一次看书看得入了迷，车子坐过头，开过去好几个站，他望着窗外陌生的景致，才恍然惊觉，赶忙下了车，换乘公交车，几经周折才到达了目的地。

“打铁还须自身硬”，正是凭借学习上的韧劲，王畅新坚持不懈地对农业技术进行钻研，他在丝苗米的新产品种植、科技生产管理等方面练就了过硬的专业本领，为他今后走上农产品种植之路打下了坚实的基础。

# 昔日大荒地，今朝变沃田

2017 年春天，学业有成的王畅新回到了仍北村。俗话说得好，吃一堑长一智，有了上次种植失败的经历，他再也不敢如先前一样，盲目地去种植。他深知科技种田对于收获优良丝苗米的重要性。他去了趟村委会，大胆地向村支书介绍将村里闲置的荒地开发成稻田的想法，他的提议很快得到了村委与镇政府的认可，让他只管迈开步子大胆干，村委还答应邀请省农科院的专业老师一起统筹规划种植。听着大家支持鼓励的话语，王畅新朴实的笑容在春日里绽放。

当初，仍北村几百亩的土地一片荒凉，没人打理，处于闲置状态，将这片地方开发成稻田，是村里人想都不敢想的事情。其中不少土地是当地村民个体的小农田，很多人思想仍十分保守，认为种好自己家田才是最稳妥的，村委会挨家挨户去做思想工作，鼓励大家将零散的田地流转出来，表达了带着大家共同过上好日子的诚心。

一次次上门做思想工作，村支书的话深深打动了村民，说到了他们的心坎上，纷纷表示愿意将自己的田地拿出来，由村里统筹管理，丝苗米种植计划得以顺利推进。

仍北村荒地改良田的消息不胫而走，得到了汝湖镇的大力扶持，政府工作人员来到田地里，鼓励村民们发挥土地优势，合力整治荒地，小田变大田，种植优良稻谷，让土地焕发新活力。政府工作人员的话语，深深地激励着王畅新及村民们，参与种植的人员，由先前的十几人壮大至近百人。

那一年春天，挖掘机的轰鸣声交织着村民们的呐喊声，在当地政府的鼓励下，大伙儿的干劲更大了。一天下来，王畅新与大伙都变成了泥人，大家相互对望着笑了起来，望着昔日凹凸不平的山地，逐渐变成了平整松软的沃土，大伙儿心中都有着说不出的欢喜，收工的路上，村民们拉着王畅新的手不肯放，撂下话：“以后大伙儿就跟着他一起干！”夕阳西下，一双双粗糙有力的手紧紧地放在了一起，刹那间，王畅新的眼圈红了。

好消息接踵而来，不久后，村支书特意跑到王畅新家中，告知他省农科院的老师们将到汝湖镇传经送宝，并成立了汝湖镇区级人才驿站乡村振兴专家团队，对农作物的品种选择、栽培、种植进行指导，对土壤环境“听诊把脉”，助力仍北村种植丝苗米特色产业发展，全程为仍北村丝苗米产业链发展提供技术支持。大家的鼎力支持，愈加激发了王畅新的种植热情，他心里想着，待第一批丝苗米种植成功后，还要继续大力发展仍北村的种植产业，凭借农民的勤劳与朴实，带领着大家，一步一个脚印地种植出特色产业，实现乡村振兴的梦想。

## 普通农民蝶变种植达人

在省农科院专业老师的指导下，王畅新对丝苗米的种植技术有了更全面的理解，老师们的谆谆教诲，如一盏明灯，照亮了科技种植水稻的梦想之路。

王畅新深知要想成功种植优质丝苗米，筛选优质丝苗种是关键，他与大伙儿从买回的谷种中，细心地筛选出颗粒饱满、结实、形状规则的作为种子。

王畅新灵活地将省农科院老师传授的专业知识应用于实践中，一得空，就向乡亲们讲解并手把手地传授科学种植的专业知识。大伙儿听得入了迷，时常将王畅新围了个水泄不通。

为了提升种子的发芽率，播种之前，他将经过层层筛选过的谷种进行晾晒，当大伙儿对其晒种的做法百思不得其解时，他耐心地科普着——这样能提高稻谷的酶活性，从而能提高种子的发芽率。大伙不禁纷纷感叹，原来种庄稼还有那么多学问，大伙儿亲切地称王畅新是山林里飞出来的种植专家。

爱钻研的王畅新，在农业种植的学习道路上，得到省农科院老师的指导后，学习兴趣愈加浓厚，甚至到了废寝忘食的地步。到了种子发芽的时候，无论刮风下雨，他在田地里一待就是好几天，他习惯泡上一大壶茶，犯困时，就猛喝上几口给自己提神。他告诉我，出苗可是关键时期，一点都来不得马虎，从其生长状态就可判定出日后的产量、口感，对今后的水稻种植方向有着决定性的作用。

提到水稻的播种环节，王畅新笑着告诉我，现在的稻田播种用的可不是传统的方法，而是采用新型复式播种机播种，它能快速地完成耕地、开沟、施肥、播种等工序。以前一亩地人工完成从耕地到播种需 5 个小时左右，人工播种插秧，只能凭感觉，按着经验来，不够精细，土地受力不均匀，影响今后的品质与产量，一天耕完地回到家中，两腿就像灌了铅一样，抬起来都颇感吃力，且收成也不尽如人意。如今使用播种机，仅 1 个小时就可完成 1 亩地的耕种，苗间间距整齐、土地耕种均匀，耕种效率高，大大节省了人力物力，机械播种减轻了村民的劳动强度，为乡村带来了巨大的福音。

说到这，王畅新的脸上露出了欣慰的笑容。可不是吗？一想到仍北村实施科学的种植技术，让乡亲们告别了先前面朝黄土背朝天地苦干的种植生涯，效率高且收成好，大伙儿的钱包也一年比一年鼓起来，他的心中就有着说不出的愉悦。

仍北村一年种两次稻，分两次育秧。每一株秧苗在王畅新的心中，就如自己的孩子。为了提高种子的品质，在省农科院老师们的悉心指导下，他带着大家贴心地为种子杀菌。种植早稻时，虽是在南方，但考虑到早晚气温偏低，要适当地加盖薄膜进行育苗期保护，而种植晚稻时，广东暴雨台风天气颇多，要在每块田地上加以网纱进行保护。王畅新多年与稻田打交道，一谈到种植，他就有着说不完的话语，我更是听得入了迷。

“你可别小看这网纱的作用。看似不起眼的网纱，暴风雨来了，可起到了关键作用，它可是庄稼的保护神。当雨势过猛时，秧苗不会随波逐流被冲走。等大雨过后，秧苗往往又得迎接暴晒考验，网纱既能防止水分的流失，又能对沃土起到一定的保湿作用。”

见我听得眼睛都不眨的模样，王畅新进一步补充，广东天气恶劣，换成以前，水一淹稻田，秧苗几乎是全军覆没，给村民带来的损失很大，那时，一听到台风要来，村上人都要犯愁好长一段时日。

近年来，仍北村实施科学种植，加上农科院的一对一帮扶指导，乡亲们再也不惧怕台风天气的降临。强降雨的水势退去后，被水浸泡过的秧苗露出水面，大家便及时地对倒伏严重的水稻进行包扎，并进行喷药施肥，加强水稻的营养。在他们的精心呵护下，受灾后的稻田逐渐恢复了原状，在阳光下茁壮地成长了起来，王畅新和乡亲们的心底比吃了蜜还甜。

听到这里，我都可以想象到，每片稻田在王畅新及村民们心底的位置，那是他们一生都剪不断的思念与牵挂。一片片绿色的秧苗翻滚着层层绿浪，亦是摇曳着他与乡亲们一辈子追求的梦想。

大家改变了以往的传统观念，纷纷以王畅新为榜样，主动跟随示范田种植队伍，村里掀起了学习农科技术热潮。

功夫不负有心人，2020 年秋天，仍北村丝苗米种植示范田，在一片片金黄的稻浪里，迎来了第一场大丰收。

几年过去了，王畅新对当时的那番热闹场面记忆犹新，收割机来回穿梭在稻田中，割稻谷、分离谷粒、吐谷杆皆一条流水线完成，仍北村种植示范田丰收景象喜人，望着一车车金色的稻谷送往粮仓，乡亲们个个笑得合不拢嘴。

在王畅新与乡亲们的精心种植下，丝苗米示范田实现了优质优产，收割时，大家都忍不住将一颗颗看上去晶莹剔透、色泽如玉、饱满均匀的米粒捧在手心，心中激动不已。仍北村丝苗米亩产量约为 900 斤，村民们把丝苗米煮成米饭，一缕缕醇香飘逸四方。丝苗米饭软糯可口，连平日里挑食的小孩，第一次尝到这么美味的米饭时，都香喷喷地一连吃了两大碗，那贪吃的模样，仿佛要将碗底舔个干净才罢休。王畅新将这一切看在眼里，乐在心头。

丝苗米在汝湖镇出了名，大家为此赞不绝口。王畅新从门外汉蝶变为村上家喻户晓的种植达人，种植面积从一开始的 30 亩扩大到 300 亩。

## 众人齐心攻破销售瓶颈期

一天晚上，当王畅新从田地回来，经过村里粮仓时，看到满满的丝苗米堆满了屋子，他在门前来回地踱着步。很长一段时间里，如何让丝苗米走出村庄、走向市场、走进千家万户，成了王畅新的一桩心事。

王畅新谈及当年在丝苗米的种植之路上，自己如何克服销售瓶颈期一事，忍不住感慨万千。

虽然王畅新有了过硬的丝苗米种植技术，但由于仍北村丝苗米的知名度并不大，还是卖不出去。他凭借自己在打工时与销售人员打交道的经验，开启了销售之路，他相信只要自己能坚持，丝苗米定会受到更多的消费者青睐，得到人们的认可。

刚开始，王畅新每天背着一袋八斤重的丝苗米，挤上足足要四十分钟才可到达市区的公交车。他从惠州附近的超市、米厂开始推销，但商家普遍对丝苗米不了解，任凭王畅新如何苦口婆心地劝说，大家都不认可这种新产品，王畅新吃了不少闭门羹。他只好将样品留下，恳请商家品尝过后再下结论。由于丝苗米口感好，营养丰富，米质远超过普通米，王畅新很快就得到了商家的回复，纷纷上门要求订购。

在汝湖镇政府、村委会的大力支持下，王畅新与村民们带着大量的丝苗米样本奔波于广州、深圳、东莞之间……积极推进“文化 + 旅游 + 智慧”销售模式，仍北村丝苗米销售渠道日益拓展，丝苗米走进了更多的大型超市、粮店。节假日，从河源、龙川、梅州等地慕名而来的商家络绎不绝。

每逢节假日，当人们走进仍北村，稻浪在风中翻滚，青山环绕的碧水间，农家乐吸引了大量游客前来品尝独特可口的米饭，促进了仍北村乡村旅游文化产业链的发展。当人们了解到丝苗米含有丰富的维生素、氨基酸等，便愈加喜爱这片钟灵毓秀的土地。有的人还专程驱车来到仍北村，一次就购买了几十袋丝苗米带回去。

王畅新与村民们热心地帮客户们装货，客户得知王畅新是丝苗米种植大户，还特意记下了他的联系方式。望着人们欢喜的模样，秋风里王畅新紧蹙的眉头舒展开来，露出了久违的笑容。

## 仍北村奏响双丰收曲

在仍北村丝苗米品牌越来越响亮的同时，王畅新与村民们又与省农科院合作培育了甜玉米新品种“甜粤 28”。在专业团队的带领下，甜玉米的广泛种植亦喜获丰收，王畅新这位种植达人成功地在仍北村奏响了双丰收曲。

金色的秋天，恰逢甜玉米成熟收获，一棵棵硕大挺拔的玉米，在秋日的暖阳下，与丝苗米稻田融成一色，镶嵌一片丰收的景象。玉米地里，村民们正忙着采摘，装货，随着种植业的发展，王畅新带领的种植队伍愈加庞大起来，越来越多的村民在“家门口”就可解决就业难题。

“我们种植的玉米可以当水果吃，香甜可口。”我们一起品尝着王畅新的甜蜜玉米，那抹清甜一直甜到了心底。

王畅新笑着告诉我，他像种植丝苗米一样，从选种到播种，从选肥至施肥，皆倾囊相授，向村里人传授培育甜玉米的农业技术。带领身边的父老乡亲一起过上好日子，就是他一生最大的幸福与快乐。这位憨厚朴实的农民，一语道出了心底最真挚朴实的心愿。

正值深秋，一抹抹芬芳，沿着金色的稻田延伸，在汝湖镇这片温暖的沃土上，王畅新从普通的农民成长为种植达人，乡亲们走上了致富之路，蓝天碧水间，交相辉映着翠绿与金黄，绵延着美丽的乡村振兴画卷。

# 家有梧桐树，引得凤凰来

西　米





## 引　子

东亚村位于汝湖镇东部，为镇政府所在地，毗邻惠州市江北街道，与白鹭湖风景度假区水乳交融。总面积约 4.5 平方千米，拥有 3 千米东江沿岸风景绿道、库区总控制集雨面积 37.8 平方千米的角洞水库等自然资源。

村委会下辖东亚、吴黄、过沥、新田、尾凹、水苑、张屋、深水等 8 个村民小组。主要姓氏有杨、黄、张、古、范、钟、吴、谢、何、成等。户籍人口 690 户 2900 人，外来人口约 4000 人。

广惠高速“汝湖出口”位于村中，城市主干道惠民大道贯村而过，距离市中心约 10 分钟车程，区位交通优势明显。村民主要以客家话为交流语言。

村里目前为止落户的大型企业有雅居乐地产、雷士照明、深宝科技、合益粮油、成达精工弹簧等；保时捷、宝马、奥迪、路虎、特斯拉、大兴丰田等车企也在此设立 4S 店，形成了一个高端汽车销售群落；引进星河地产下属子公司进行村企合作，开发“星河传奇”楼盘。

村中共有丁未七女湖起义策源地指挥所——玄天北帝庙（上庙）与杨坤如故居等两处市级文物保护单位，拥有丰富的历史文化资源。

近年来，东亚村先后被评为“广东省一级档案管理单位”“广东省民主法制村”“惠州市档案工作示范村”“惠州市卫生村”“惠城区美丽宜居村”“惠城区生态宜居美丽乡村精品村”“惠城区文明村”“惠城区平安村居”“惠城区计划生育合格村”等；还获得了“惠州市先进基层党组织”、汝湖镇抓党建促乡村振兴擂台赛一等奖、2021 年度“两委”班子绩效考核市优秀等次等荣誉称号。

## 家有梧桐树，引得凤凰来

汝湖镇东亚村，毗邻市中心的乡村，东江河畔的一颗明珠，得天独厚的地理位置，出则繁华闹市，入则宁静幽然。这样的一个村子，出现于新时代乡村振兴的大舞台时，将会谱写出什么样的歌谣呢？

穿行东亚村，时而是喧闹而充满烟火气的农贸市场，时而是气势恢宏的各大品牌汽车 4S 店，时而是绿树掩映的现代化高端住宅森林小区，你意识到，这是一个年轻而有活力的村子，村庄环境与人文素养相互滋养，互为补充，彼此融合。干部年轻化是我国建设新时代中国特色社会主义的要求，干部队伍适度年轻化，老中青搭配，才能兼顾活力和经验。基层工作繁杂而辛苦，需要更多的体能来应对。惠州市城乡管理和综合执法局驻东亚村书记邓剑尘介绍，东亚村的村委“两委”干部共 6 人，平均年龄 35 岁，大专以上学历占比达 100%。这是东亚村在“组织振兴”方面有意识做的工作。有了适度年轻化的干部，干部队伍就能始终保持战斗力和旺盛的生命力。也正是这股战斗力和生命力，给村子带来了勃勃生机。

东亚村村支书杨玉山介绍，东亚村基本实现了现代化办公。村委大楼里，伫立着一部联结着惠州农商银行和中国建设银行的“粤助力 · 政府服务自助机”，自助机主页有“粤省事”小程序。“粤省事”小程序作为全国首个集成各部门民生服务的移动平台，于 2018 年 5 月上线后，已集成了各级各部门超过 2400 项高频政务服务事项，实名注册用户已超过 1.64 亿人，每一位广东居民都是粤省事的用户，日均访问量达到四五千万，访问次数达到数亿次，成为全国用户最多、服务集成度最高、活跃度最热的省级移动政务服务平台。东亚村委重金购入此自助机后，仿照银行“大堂经理”一职专门安排了 2 个年轻干部为前来办事的村民做指引。东亚村委充分利用更现代化的服务方式为群众服务，让村民融入现代社会，适应现代治理方式，确保东亚村村民不会形成知识断层。充分认识到乡村基层管理人才重要性的村委还建立了“人才库”，对全村大专以上学历的村民建立特别档案进行管理，以备不时之需。这是东亚村“人才振兴”的第一步探索。另外，惠城区检察院第二党支部与汝湖镇东亚村党总支结对共建，也为东亚村注入了新活力。

“问渠那得清如许，为有源头活水来。”有经验的领导班子搭配有活力的年轻队伍，随着村里“人才库”的建立，当地越来越多的年轻人补充进了东亚村的基层干部队伍当中，村委管理水平持续提升。而良好的管理水平会带来良好的建设成果。

2021 年，惠城区财政安排专项资金 1 亿元，用于高质量建设一批生态宜居美丽乡村精品村（以下简称“精品村”），发挥示范引领作用。为充分实现财政资金效益最大化，撬动社会资本参与乡村建设，切实提升镇村创建积极性，惠城区创新开展擂台赛。10 个精品村在擂台比拼中脱颖而出，其中东亚村赫然在列，这是全体村委与村民团结一致的成果。

得益于“精品村”建设扶持资金的落实，再加上村民自筹的 200 多万元，东亚村在早有规划的村庄项目上大展拳脚，对曾经“脏乱差”的村庄进行村道环境整治并引进文创园等。东亚村“精品村”村道风貌带位于惠汝沿江路，以 2 号工业区为起始位置，到将军楼再到村委会、镇政府，在惠民大道红绿灯处结束，共约 1.35 公里。沿途路面翻新改造成“白加黑”沥青路，路边沿街农户围墙全部统一刷成米黄色，屋顶统一安装蓝色坡顶，房前屋后种花种草则由村民自由发挥。这样的规划既和谐有序，整齐大方，又富有审美意趣，灵动自然，一改过去野草丛生、乱搭乱建的景象。

据杨玉山介绍，为盘活闲置土地，东亚村在风貌带建设中，共拆除沿线旧房屋 6 栋、乱种的果树 200 余棵及私自搭建的铁皮房若干，腾出来的土地和清出来的塘泥则用于打造“四小园”（小菜园、小果园、小花园、小公园），让撂荒的土地变成城乡共享菜园。“我们这里距离市中心很近，所以建成共享菜园，可以让城里的上班族或者居民来认领种菜，享受田园生活。”杨玉山说，目前全村共有 17 个“四小园”，总面积接近 5000 平方米。

考虑到汝湖中心小学和汝湖中学都恰好位于村道风貌带侧边，东亚村特意在靠近学校的风貌带两侧设立了长约 500 米的党建宣传栏，建立红色文化墙，让来往学生潜移默化地接受红色党风教育，同时加强周边群众对红色文化的认知和认同。

为改善上下学期间圩镇路口拥堵情况，东亚村筹集了 70 多万元，对汝湖中学校门进行了改建，将其由西北朝向改为靠近江边且人流较少的东北朝向，并预备在新校门对面新建一座标准足球场。现已把足球场土地整平，两台挖掘机正在做最后的土地修整工作。改建后的校门与足球场互相呼应，孩子们在江风的吹拂下奔跑于宽大的足球场，洒下拼搏奋进的汗水，青春在此飞扬。

在村庄文化内涵的挖掘上，东亚村主打两个景点，一个为七女湖起义旧址，原为建于宋代的玄天北帝庙，又称上庙；另一个为民国军阀杨坤如故居，当地人称为“将军楼”。两者均为惠州市文物保护单位。

杨坤如酷爱粤剧，留下许多痴迷粤剧的老故事，被老一辈惠州人评为“惠州超级粤剧迷”。在东亚村水苑小组杨坤如故居中，有很多以粤剧内容为主的灰雕、泥塑及壁画，突显出屋主人对粤剧的狂热。据传，他不但爱看戏，平时也爱唱一些粤剧唱词和广东音乐之类，非特殊情况，每日不离粤曲。惠州民间文艺家协会会员苏定民撰写的《五彩缤纷惠州戏（上篇）》详细记录了杨坤如痴迷粤剧的趣事，故事中人犹如从尘封的历史中走了出来，栩栩如生。

“村里正以将军楼为主线，修缮古村落。”杨玉山说，村里引进的“惠知州文创园”项目，合作框架协议已签订，将把将军楼周边水苑小组老村庄的旧房屋，集中微改造成民宿、特色小吃店、精品店、小酒馆等，使其成为网红打卡点，创造东亚村“轻旅游”项目。“惠知州”文创园建设完成后，七女湖起义旧址改造也将提上议程，将打造成红色旅游景点。

这两处具有深厚历史文化内涵的文物保护单位，是村里“文化振兴”的两块基石，该村的文化挖掘手笔将从这里伸展出去。

广惠高速路汝湖出口处于东亚村吴黄小组西侧，高速路口周边分别环绕有保时捷、宝马、奥迪、路虎、特斯拉、大兴丰田等高端汽车 4S 店，还有雅居乐地产建设的 12 平方千米的超大型社区白鹭湖度假小区以及著名企业雷士照明等等。这些企业的进驻，大大带动了当地的就业，使村民们在种田耕地之余还能有其他的出路，年纪较长、不太容易就业的村民还在这些企业里再就业，成为保洁、保安等。另外，因企业招聘的人数众多，部分外来人口在村中租赁房屋居住，又为东亚村民带来更多收入。这些企业积极承担社会责任，积极回馈社会，经常组织慰问孤寡老人和退伍老兵等活动。

东亚村的东亚小组还引进了星河地产项目“星河传奇”，于 2023 年 5 月交楼。如全部入住，东亚村村民管理册上将增加 4000—6000 人，这对于东亚村委来讲既是挑战也是机遇。

独特的地理位置与独有的人文历史，造就了独特的东亚村。新时代背景下的东亚村，正是“家有梧桐树，引得凤凰来”的最好注解。

# 刘花与汝湖渔歌

杨彩霞

汝湖，又名“七女湖”，传说七位仙女下凡到汝湖一带游玩，被这里的美丽景色所吸引，流连忘返，触犯天条，天帝派天将捉拿，七仙女便化作七个湖永远留在人间，人称“七女湖”，后改名“汝湖”。清澈蜿蜒的东江水流过汝湖，这里水域宽阔，水草丰盛，鱼虾贝类丰富。千百年来，渔民在江上以捕捞打鱼为生，吃住都在船上，陆地无固定居住地，这些人被统称为“疍民”。海上的渔民被称为“咸水疍”，其传唱的渔歌叫“咸水渔歌”，比如惠东渔歌；内河的渔民被称为“淡水疍”，其传唱的渔歌叫“淡水渔歌”，比如汝湖渔歌。

2015 年，汝湖渔歌入选惠州市第六批非物质文化遗产名录，刘花是唯一的代表性传承人。一个朗朗秋日，在镇政府文化干部和上河社区翟书记的带领下，我们去刘花家探访，了解她与汝湖渔歌的渊源。

## 疍家有女初长成

我们来到东江边的渔民聚居地上河社区，车子停靠在路边，下车后远远看见一个挽着发髻精神矍铄的阿婆坐在屋外择菜，翟书记用手指了指说：“那个阿婆，就是刘花。”见我们一行人到来，阿婆赶紧停下手里的活，引我们到沙发上坐下。坐定后，我仔细打量阿婆，见她笑容满面，身形饱满，皮肤光滑，脸上没有明显的皱纹沟壑，灰白色的头发在脑后挽成一个发髻，用丝网套住，纹丝不乱。她耳聪目明，声音洪亮，看上去绝不像九十岁的人。

这些年，政府挖掘非遗文化，各路人马相继到访，刘花上过报纸电视，在舞台上表演过，已经见惯了大场面。我们要她先唱几首渔歌给我们听听，她毫不怯场，张口就来：“山歌唱来暖洋洋，渔民生活好凄凉，江河搵食河边住，水上漂流无定期”“想起旧社会，眼泪双双抹不开，捕到鱼来被人抢，仔男仔女哭连天”“千恩万谢共产党，领导渔民大翻身，住上高楼又大厦，一家大小笑嘻哈”……

屋子里很安静，没有江风，没有水流鸟鸣，没有微波荡漾，只有刘花清亮的嗓音，一字一句，一咏一叹，浅吟轻唱，随着第四句尾调“哎”慢慢落音，大家报以热烈的掌声。刘花有点害羞地指了指嗓子眼说年纪大了，嗓子不好了，可又不忘加一句“我年轻时候嗓子好着呢”，逗得全屋人都笑了。

20 世纪 30 年代初，刘花出生在横沥岸边一条破旧的船上，父母祖辈都是渔民，渔船就是她摇摇晃晃的家，她就在这方寸之地长大。小时候，常听父母和渔民们闲暇无事时哼歌，唱的都是日常劳作中的事情，看到什么唱什么，想起什么唱什么，都是四句话，调子也差不多。那会她不知道这叫渔歌，她觉得就是渔民们闲暇无聊时唱着玩打发时间的。虽然没有机会读书识字，可她头脑聪慧，听大人哼几句渔歌，便能记住唱词。有时还能编几句出来，但不好意思唱给别人听，就自己哼哼。

日子随着河水缓缓流淌，刘花慢慢长大了，十五六岁时，已出落成亭亭玉立的大姑娘，两条粗黑的辫子，漂亮的脸蛋，婀娜多姿的身形，惹得好些疍家小伙心荡漾。见刘花在船上忙碌，小伙们会有意无意将船划过来，在她的船舱外唱：“王字出头是你主，天字出头是你夫，古月旁边三点水，同你牵手逛西湖。”刘花听了，也不回，羞得赶紧躲进船舱里。父母用船桨挥着水，作势要赶走小伙，口里说着：“走走走，我们家刘花还没长大呢。”可是，这样的场面隔三岔五就要上演一回，“窈窕淑女，君子好逑”，的确不假。

# 也有爱情甜如蜜

刘花十八岁那年，父母跟她讲男大当婚女大当嫁的道理，并请来了媒婆保媒。不久，媒婆便帮刘花物色到了汝湖的疍民翟氏，男方长得一表人才，看上去老实敦厚。虽然年龄大点，一贫如洗，但刘花还是一眼相中了，很快便谈婚论嫁。疍民和疍民结婚，看上去只是一条船走到另外一条船的事，但毕竟是人生中的大事，还是有许多传统风俗礼仪。其他风俗礼仪我们在此不作赘述，且说说渔歌。

按疍家风俗，疍家女出嫁时要唱哭嫁歌（汝湖渔歌的一种），不唱哭嫁歌就是对父母不恭不孝。结婚那天，迎亲和送亲的两艘船在不远不近的距离停靠着，乐声响起，仪式开始，（新娘）唱：手拿红鞋无用鞋，（新郎）接：穿麻鞋；（新娘）唱：手拿红裙无用围，（新郎）接：围麻裙；（新娘）唱：手拿大红袍无用穿，（新郎）接：穿麻袍；（新娘）唱：手拿红冠无用戴，（新郎）接：戴麻头。刘花唱给我们的这首，应该只是哭嫁歌里的其中一首，唱词没有伤感之意，只饱含着新郎对新娘的承诺，结婚后要让新娘穿戴麻料的衣服鞋帽，吃得饱、穿得暖，过上好日子。

唱完哭嫁歌，迎亲的渔船便慢慢划拢过来停稳。船只装扮得很喜庆，船头两侧插着竹竿，竹竿上挂着两个红灯笼，上面分别写着“翟”字和“迎亲”字样，两根竹子间悬挂着一条九尺红布，船舱两侧贴着红喜字。新娘在锣鼓铜镲的乐声中离开送亲船，登上迎亲船，从红布下走过去进入船舱和新郎相见。入了“洞房”后，迎亲和送亲的人群开始起哄，敲锣打鼓吹唢呐的人也显得无比兴奋，齐刷刷地奏起乐来，那声音似乎要响彻云霄。

不一会儿，乐声停，送亲的姐妹们开始唱：“八福罗群今时拆，拆群容易结群难，姐妹就像一窝鸡母仔，崖婆（老鹰）抓走半天去。”迎亲的兄弟们接：“我船多一个新阿嫂，你船少一个织麻娘，我船赢了你亏了，我船重了你轻了。”就这样你一句我一句，你一首我一首，唱累了，见天色不早，人群才开始散去。

新婚燕尔，刘花和丈夫虽然日日漂泊江上打鱼，条件艰苦，可如胶似漆，甚是甜蜜。晚饭后，两人坐在船头，望着黑黝黝的江水和点点渔火，经常会唱几句歌子当消遣，有时还会探讨一下歌子的内容。随着五个孩子相继出生，日子捉襟见肘，常常填不饱肚子。一艘小船，生活着两个大人五个孩子，最大的孩子十三岁，最小的一岁。孩子九岁后才寄放到岸上亲戚家里上学，寒暑假又回到船上，七口人在方寸之地吃喝拉撒睡，逼仄到打个转都困难。

这时，刘花两夫妻备感生活的压力，身上似有千斤担压着，睁开眼睛便想着捕鱼卖鱼，晚上都要起来撒网三四次，没睡过一个囫囵觉，用刘花的话说就是忙到"唔得闲拉尿"。她已经完全想不起来要唱渔歌，也没有心情唱渔歌，渔歌已远离她的生活。她在船上的这几十年光阴，如陀螺般，日夜操劳，才勉强求得一家人的温饱，让五个孩子长大成人。回忆起过去的苦日子，恍若隔世，刘花连连摇头。



## 岸上定居有故事

刘花的家不大，三十平方米左右，带一个小院子。她心爱的船被儿孙们抬上岸十几年了，摆在院子里，靠在刘花卧室的窗沿下面，刘花有事没事都爱站在窗户边瞧瞧，去院子里摸摸。院子里有花有草，笼子里养着几只鸡。我们正在感叹婆婆一个九旬老人怎么把屋子打理得如此整洁时，翟书记笑着说刘花家有大把"清洁工"，四代同堂，儿女孙辈非常孝顺，经常轮流回来照顾她，因为她哪里也不想去，舍不得这艘船。说起房子的事，刘花像打开了话匣子，忙不迭地说："要感谢毛主席，感谢周总理，他们是大恩人啊，我们的房子都是国家出钱起的，是共产党让渔民过上了好生活，这里面有故事呢，我们这一带的渔民都知道的。"这时，上社社区的老书记刚好经过，翟书记便邀他和刘花一起讲述这房子的来历。

1966 年，惠州市糖厂埋在江底的一根抽水管堵塞了，抽不上水来，可急坏了糖厂领导。泰美渔民刘原富的船常年帮糖厂拉甘蔗跑运输，他是"浪里白条"游泳高手，听闻这事，便一次次憋气潜下水去查看究竟，将管道疏通了。糖厂领导大为高兴，经了解，刘原富在抗日战争中用他的渔船帮地下组织运送过物资，立过功，糖厂便将他树立为典型，接受表彰，刘原富在渔民中有了一定的名气。

1967 年，刘原富当选为人大代表，去北京开会，见到了周恩来总理。座谈时，当周总理得知刘原富是广东的渔民，便关心地询问渔民生活得好不好，都有什么困难等。刘原富想了想跟总理说，渔民长年累月在水上漂泊，居无定所，孩子无法好好上学，老人无法看病，要是在岸上能有个家就好了。周总理听了，若有所思点点头，然后对刘原富说："你回去等着吧，会有好消息的。"

刘原富以为周总理只是随便说说，没放在心上，没想到好消息还真的来了，而且来得很快。1967 年年底，国家拨了专项资金到省里，用于渔民建房子，不但是汝湖的渔民，横沥、芦洲等东江沿岸的渔民都搭上了这班车。渔民们欢欣鼓舞，为梦寐以求的家忙活起来，选址，开荒平地基，还不耽误打鱼。政府请建筑工人将房子建好后，标上号码，由 33 户渔民派代表们来抽签分房，公平又合理。刘花抽到了第一号，第一号房无遮挡，采光极好，她为自己的好手气高兴了许久，如今说起来还一脸笑意。

回忆起搬家时的情景，刘花和老书记几乎异口同声说那会儿哪有东西好搬啊，两块床板、一点锅碗瓢盆、几件破烂衣服就是全部家当。找来几块砖头，将床板架起来，用砖头垒个灶，就算住新家了。虽然家徒四壁，但不用再风吹日晒雨淋，手脚终于能活动开了，腰杆子也可以直起来了，那心里头的高兴劲就不消说了。

在岸上安了家，就像浮萍扎下了根，可一大家子的生计是个问题，还得继续去打鱼。刘花两夫妻把大一点的孩子放在家里，只带着小的孩子在船上打鱼，月初出去，月底回来。穷人的孩子早当家，孩子们大的照顾小的，自己做饭吃，自己上学，身上脏得一身泥，皮肤都看不见本来的颜色了。刘花每次回来都要把他们一个个按在澡盆里用肥皂水泡着，帮他们全身上下搓洗一遍，有些部位污垢沉积日久，搓到皮肤发红，孩子们痛得直哭。

终于熬到了孩子们长大出去工作，刘花夫妻有完成使命的感觉。孩子们劝老两口上岸享清福，但他们不愿意，没有了经济压力的船上生活，那才是最惬意的。他们优哉游哉，“三天打鱼两天晒网”，气定神闲。这时候，刘花又唱起了久违的渔歌：“四字写来一块田，渔民生产在江边，好在今天共产党，男男女女笑连天。”唱完一首又忍不住和老伴打趣：“有女不嫁捕鱼村，嫁到那里条件差，三更半夜真好困（困：睡觉之意），又要撒网捕鱼虾。”老伴不甘示弱：“有女要嫁捕鱼村，船上蓬蓬似衙门，一口鱼干一口酒，比上朝廷做官飒（飒：快乐之意）。”

有时，他俩还互相调侃一番，这回是老伴先调侃刘花：“我的心爱人，树上红花朵朵丢（成熟掉落的意思，隐喻刘花变老了），记得那年年十八，树上红花满树红。”刘花白了老伴一眼，回他：“我唔系老，岁数排到七十多，住在小船水面跑，自由自在唱渔歌。”唱完，两人哈哈大笑，风轻柔，鱼静默，只有两老愉快的笑声在江面上久久回荡。





## 渔歌传唱喜与忧

老伴去世时，刘花已年逾古稀，这才彻底上岸定居。儿女们周末回来，常会带些朋友来家中玩，他们来到汝湖，都特别喜欢去江里游泳。游完泳回来就跟刘花说，东江水好清澈，这里的环境好好啊。刘花一听，自豪地说，那是当然，便即兴唱了一首渔歌：“东江河水紧啾啾，又好打鱼又好游，又要行船又好喝，又要放排（竹排子）到广州。”大家都是第一次听到汝湖渔歌，其唱词和曲调如此有特色，觉得很是新奇，便纷纷拍视频放到网上，发到朋友圈，一传十，十传百，汝湖有个刘花婆婆会编渔歌、唱渔歌的事便传开了。

汝湖渔歌淳朴自然，充满着原生态气息，其艺术魅力逐渐引起了社会各界关注，央视及省内外各大媒体的记者接踵而来进行采访报道，之前无人问津的汝湖渔歌开始被人看见。为保护和传承汝湖渔歌，近年来，汝湖镇政府开展了一系列行动，如成立渔歌协会、举办渔歌培训班、开展渔歌进校园等，对渔歌进行了全面系统的收集、记录、分类、编目，对其历史沿革、分布区域、传承谱系等进行确认，目前，已整理出 100 多首不同类别的渔歌。与此同时，汝湖镇政府也有意借鉴惠东渔歌的发展模式，给汝湖渔歌配上伴奏音乐以丰富渔歌曲调，鼓励创作新渔歌。渔歌不但可以在传统舞台上唱响，还可以放进“东江夜游”等本地旅游产品中去，以激发渔歌新的生命力。

可是，刘花作为汝湖渔歌唯一代表性传承人，已年届九十，如此高龄，万一不测，恐有失传风险，为她寻找传承人是当务之急。目前，上河社区的年轻人几乎都外出务工，没人肯学唱，这可愁坏了翟书记。经过多方打听，终于问到社区有一位三十多岁的妇女愿意学唱渔歌，难能可贵的是她的外形和嗓音条件都比较合适，翟书记如获至宝，动员她过段时间便到刘花家拜师。刘花听到了，急切地问：“她是谁啊，在哪里？快点带来，我来教她。”有人愿意学唱渔歌，刘花比谁都高兴——终于后继有人了。

要宣传推广小众方言渔歌，需要大量的人力物力投入。光靠政府的力量远远不够，还得靠民间文化志愿者和有识之士，有钱的出钱、有力的出力，上下联动，方能让汝湖渔歌得到更广泛的宣传和推广。我们有理由相信汝湖渔歌会乘着国家乡村振兴的东风，不断注入新内容，不断创新形式，走上更广阔的舞台，咏叹幸福生活，吟唱祖国繁荣，让更多人听到新一代渔民的文化自觉和自信。

# 护得满山绿，引来白鹭飞

张燕明





初秋时节，我走进汝湖镇村头村。

村头村位于汝湖镇东北面，全村有 5 个村民小组，主要以孙姓为主。据说，村头村得名于 350 年前。一代集和公妣莫氏带四子从杨村移居此地生活，后来兄弟四人长大各自成家。经商议后，四人分开四处居住，子进为长兄，住村的上头，村头村由此得名。

刚下过雨，空气中弥散着草木清新的味道。宽阔的黑色柏油马路，印着崭新的白色交通标识线。道路两旁，是一栋栋两到三层的小洋房，低矮的围墙，关不住葱茏的绿意，还有累累的果实点缀其中。村委所在地是一栋三层的小楼。门口，一株百年古榕巍然矗立。古榕枝叶苍翠，根须繁茂，像一个德高望重的长者，默然守护着这座村庄。树下，金色的党徽熠熠闪着光，鲜红的“榕树讲堂”四个字格外醒目。

## 从他乡到故乡

村头村毗邻东江，属饮用水源保护区，也是农田保护区。这限制了村里发展工业。村集体也好，村民也好，收入来源只有水稻、蔬菜，以及甜玉米、番石榴等农产品。靠天吃饭，自然难以发家致富。早些年，村里但凡有点能耐的，都出去打工赚钱了。65 岁的孙钦强，年轻时也在东莞、深圳闯荡，直到 2015 年，才回到村里，建起了一栋三层小洋房。门前院子里，种上了花生、番薯，还有几样小菜，算是把根又扎回了故乡。前两年村委改选，他还当上了二小组财务管理人员。上级要来检查了，村里发通知了，疫情防控要加紧了……村里的广播喊几遍，微信群里发一发，他也挨家挨户上门说一说，确保无一遗漏。就这么着，热心为村民服务，乐此不疲。

作为一个土生土长的村头村人，对村里的变化，孙钦强非常敏锐。前几年他老伴生病，村干部非常关心，时常嘘寒问暖；近年来，通过“围墙革命”“厕所革命”，还有乡村绿化美化工程，村里环境一天天整洁干净起来，邻里也一天天亲近和谐起来。眼看着村干部实心实意地为建设美好家乡而努力，他也义无反顾地加入了这支“服务员”队伍。

村支书孙艳武是个面色微黑、文质彬彬的中年人，早年前在外做童装生意。2017 年村委换届，他被村里的前辈邀请回来，当了一名“村官”——村委委员。2020 年村委届中补选，他走马上任，担任了现职。

2021 年，乡村振兴被列为惠城区的一项重点工作。当年 6 月，惠城区举办了“擂台赛”，凭着前期创建“美丽家园”打下的良好基础，以及淳朴的乡风，村头村一路过关斩将，成功入围惠城区 10 个生态宜居美丽乡村精品村。

被列入精品村创建名单，有了资金支持，大家干起事来，就更有底气了。在汝湖镇党委、政府的领导下，孙艳武带着村干部，甩开膀子干了起来。

整治撂荒地是孙艳武的一个重要手笔。由于村里青壮年大多外出务工，村民的承包地多年来陆续被丢荒。经过对土地情况的盘整统计，荒地大概有 300 多亩。孙艳武算了一笔经济账，这些撂荒地属于沙质土壤，如果种上甜玉米，亩产可达 2500 斤，除去成本，300 亩甜玉米一年就能为村集体增加收入 20 万元。说干就干，2021 年年底，挖土机“轰隆隆”开进了村头村，清除杂草、平整土地……荒芜已久沉寂的土地，再次焕发了青春。2022 年 6 月，300 亩撂荒地整治工作全部完成。2022 年 9 月，村委已将其中 150 亩出租给深圳一家公司运营。其余部分，计划用于种植甜玉米、红薯等农作物。

## 从小公园到榕树课堂

红色小公园，是村头村的另一亮点。小公园占地 3500 平方米，坐落在孙统生、孙九同志的故居旁。孙统生、孙九又是何许人也？原来，村头村是一个有着优良革命传统的村庄，与广东人民抗日游击队东江纵队有着深厚的历史渊源。

1947 年春，共产党领导的东江地区人民武装斗争重新吹响了战斗的号角。村头村孙统生和孙九二人毅然参加了游击队，选择用自己的行动为解放人民、推翻旧社会贡献一份力量。没有等到新中国成立，先烈就已长眠于地下，但他们并未就此湮灭在历史的尘埃里。两人的故事被印刻在红色小公园的长廊里，他们留下的精神财富，必将经久流传。

孙艳武介绍，村头村现有常住人口 900 多人，其中中共党员 45 名，入党积极分子 13 名，设有党校分校。村委门口的百年老榕树，是村委开展党员学习教育活动的最好阵地。夏天，榕树下凉风习习，冬日，榕树下暖阳和煦，大家围坐在树下，党课有了“泥土味”，大家学习热情更高，学习兴趣更浓，学习效果更好。孙艳武说，接下来村委将以“榕树讲堂”为阵地，继续创新学习形式，让基层党员更好地传承红色基因，补足精神之钙，从而筑牢听党话、感党恩、跟党走的思想根基，为乡村振兴注入生机和活力。

## 从长者到儿童

作为汝湖镇四大精品村，近年来，村头村内修“气质”，外增“颜值”。先是组织人员到顺德等地学习人居环境整治的先进经验和模式，并通过党建引领，积极发动党员志愿者参与，采取党员设岗定责、网格化治理等形式，将人居环境整治工作常态化。

三清三拆三整治、垃圾分类治理、雨污分流、“厕所革命”改造提升、河涌整治、“三线”整治、四小园建设、农村风貌提升、暗渠化改造……一系列的“大动作”，让村庄清洁由“短期清脏”向“长期清洁”转变，由“干净整洁”向“美丽宜居”转变。曾因水质等问题被村民诟病的凹窦涌与村头涌，经过清疏河涌、沿岸景观提升等工程后，被改造成环村“绿带”。村内的停车位也重新进行了规划，加植了花卉绿化，新增了许多供村民休闲玩乐的四小园，人居环境实现蝶变。

孙钦强的几个儿女都在城里工作，每到年节，他们都要拖儿带女回来小住。看着村里一天一天变着样，孙钦强感到很欣慰，更多了几分自豪。环境好了，村民们休闲娱乐也多了很多去处。村委一楼设有长者服务站，里面各种棋牌娱乐一应俱全。二楼，则建了一个儿童服务站，明亮的蓝黄主色调，柔和的灯光，架子上成排的书籍，可以大大满足孩子们阅读的需要。

小古是汝湖镇（街）社工站的一名工作人员，常驻村头村近一年了。此前，他们已经联合儿童服务站志愿者，陆续组织开展了一些活动。今年5月，社工站组织举行了母亲节主题活动暨“助困·助残·敬老”慈善义诊志愿服务活动。30多位母亲来到现场，孩子们给她们洗脚，社工为她们送花，慈善义诊团队为她们义诊……今年“八一”建军节来临之际，“敬老爱老，与爱同行，传承红色文化”主题活动在长者服务站举行。居家养老的退役军人受邀参加。活动中，孩子们到场表演节目，为退役军人献上手工制作的礼品；退役军人则深情回忆昔日从军经历，教育孩子们珍惜当下生活。一曲童声合唱《强军战歌》，将活动推向了高潮。小古说，除了社工站，村委也经常组织活动，比如和一些读书机构合作，暑期为孩子们开展阅读分享活动等，每到假期，儿童服务站都很热闹，孩子们很乐意来这里读书、做手工。

谈到村里的规划，孙艳武颇有些踌躇满志。村北有大片林地，已和深圳一家文化公司签约。前期将有200亩，后期还有500亩，主要用于打造铁骑营地。后续将配套建设户外拓展以及教育基地等，结合村里的红色文化资源，打造集观赏、游玩、休憩功能于一体的乡村振兴战略示范带。未来，村头村将继续坚持党建引领、科学谋划，不断探索人居环境整治新方法、新路径，有序推进各项目标任务，全面提升村民的获得感、幸福感、安全感，加速推进乡村振兴全面落地，打造祥怡村头。

离开村头村时，正值夕阳西下。几个戴斗笠的妇女弯着腰，往新翻过的地里撒种着什么。远处，青山如黛，一块块稻田绵延不绝，几只白色的鹭鸟在其间翩飞。“两个黄鹂鸣翠柳，一行白鹭上青天”，诗圣杜甫的诗句涌上我的心头。

出村的路上，穿黄色校服的孩子，陆续放学回家。小些的三三两两，结伴而行；大些的骑着自行车，一路“叮叮当当”。原本平静的村庄，渐渐变得喧嚷。我又想起《桃花源记》里写的：“土地平旷，屋舍俨然，有良田美池桑竹之属。阡陌交通，鸡犬相闻……黄发垂髫，并怡然自乐。”身在农业大国，我们对桃花源的憧憬，自古至今从未改变。行走在汝湖镇村头村，我欣喜地看到，古人苦寻不得，只能诉诸想象的桃花源，在新的时代背景下，正在我们的眼前，徐徐展开新的画卷。

# 诗歌篇

# 行走汝湖（组诗）

江湖海

## 汝　湖

汝湖采风
我采到大缕阳光
天蓝得失真
我想起白云苍狗时
看到一对
亲嘴的雪白神兽
汝湖天空
爱情如此明媚
汝湖地面
我已见安静的羔羊
奔走的小兔
以忧郁名世的蓝雪花
喜悦的脸
是汝湖蓝天的蓝
白云的白
让汝湖的美更加立体
开阔高远

## 稻草龙

汝湖上围村
稻草龙看见属龙的我
耸了耸它的腰身
像有着稻草一样肤色的
上围乡亲的双手
握了握我被城市捂白的手
上围的稻草龙
与庙堂高处闪亮的金龙
毫无瓜葛
与深院盘旋大廊柱的雕龙
不在一个谱系
托举过谷粒的稻草龙
麦秆的近亲
泥土里长出的图腾
让我想起
故乡马头山的禾垛麦垛
让我再将属相确认

## “全代好人”

行走汝湖镇南新村
密集的阳光里
迎面遇见一位“全代好人”
我知道惠州
从来不乏全国好人

比如何容妹
耕耘三尺讲台桃李芬芳
不乏名士
比如苏东坡光披千古
我说“全代好人”
是整道历史长河中的好人
他有无数住处
住在我老家龙山之顶药王庙
住在南新村
心脏位置的真君宫
他的《千金要方》
打开着紧贴南新村的沃土

## 仁英围

荒芜多年。第一个
走进仁英围的人，最先看到
一只伸展的手臂
走上前想拉住，一触为尘
林先生说有人猜想
这儿是明朝驻扎官兵的一围营房
厚厚外墙，孔洞通透
可以观察敌情可以袭击敌军
另一版本的传说中
仁英围曾经和平旺盛安富尊荣
月下人静若处子
厚泥筑屋将粗绳与木棍抽出

留下墙面的孔穴
作为厌战的人，我选择相信后者
俱往矣。诗人走过
但见高墙上草木葳蕤迎风起舞
有动人的倔强与新鲜

## 糖蜜谷

甜蜜是铁定的了
炼糖的人在阳光下闪动
金属的光泽
接了地气又接天风
劳动的节律
劳动的号子和颂歌是铁定的了
炼糖的人早已铸成
大烟囱下露天作坊的铜像
依然是劳动着的
南新村的南风吹不散初秋的热情
孙思邈坐在地上
翻寻着消热解暑的秘方
我也是这样
在意昨天的甜蜜和明天的幸福
更在意当下的冷暖
天下奇热啊我探了探铜像的身子
它烫到我的手了
我顺手取下头上的草帽
戴在他的头顶

## 围　仔

人到汝湖，走进围仔村
轻轻唤一声围仔
仔，是宝宝，是可爱的“小”
犹如香港湾仔
深圳塘坑仔，澳门氹仔
犹如我喊儿子女儿
树仔，芝仔。也喊老婆，丹仔
围仔就是围宝宝，就是
小公园，小果园，小花园，小菜园
就是百亩富硒米稻田
一小株一小株一同打盹的谷穗
我怕自己声音一大
吵醒它们。围仔就是村头小巧的
无异味的网红厕所
就是颗粒归仓之后的秋夜
小小的稻田音乐节
呈现小小的半月形舞台
就是稻田婚纱营地
新郎仔骑一条稻草龙驾到
新娘仔大吃一惊

# 速写乡村：汝湖，诗意的水系（节选）

程向阳





一

桥墩下，流水拉住白云不放
走了一程又送一程，直接畅游到东江
立秋之后，土地便没有了矜持
绿，一绿再绿，粤东的皇天后土
唯有村庄懂得客家方言
再次抵达汝湖，除了蓝天白云
还有什么能叫停我的脚步
时间和空间置换
白云与艳阳，日月与星光，在汝湖一起涌动

二

村支书手上茧子磨亮的一笔一画
在汝湖将一株株、一棵棵、一排排的词汇
演绎得绿肥红瘦
将田园、果园和菜地描绘得甘甜、醇香

都是汝湖的宠儿。一村眷顾着一村
我甚至听见它们和阳光、流水的交谈
细小如虫鸣。村庄在干净的水边
保留着，一个个古朴敦厚的名字
你知道，我也始终不说

三

阳光穿过稻田，照出植物光鲜的部分
晃眼。它们有完整的绿色
撑起晶莹的纹路，以微妙的形式打开人心
多好的光。八角梅已伸展到农家的院墙外
风一再修正着它们的姿势

四

几只白鹭在田野和老渡口上走动
偶尔拍打着翅膀，它们信任土地和水域
集体练习逆光的舞步
沿着村道前行。多玉米，多蔗糖，多汉字
这些多出来的事物，正好修补光阴斑驳的院墙
一头黄牛归隐于振兴乡村的插图
一堆玉米甘蔗的饱满和鲜甜
完成对村庄诗意的指证和认领
玉米、甘蔗向着食品加工厂奔去
香甜气息弥漫，从来不是久别重逢或破镜重圆

就像汝湖人把家风、族谱倒背如流

五

草木无声，流水安于宁静
看一只蚂蚱伏在草上，随风摇曳
立秋以后，它有它的方向，也有它的归途
解读汝湖。更多时候适合
跳出景色写悲悯与救赎。可以水墨
也是水彩的；可以花鸟，也是山水的
解构岁月的隐忍，内敛客家人的虚怀若谷
更有了孙思邈丹药的悬壶
在南新村，济世了博大恒久的道义
他不张扬，只在宁静或喧哗中
悬壶济世，药方奇妙，药香氤氲
兼济了天下苍生

# 汝湖采风（组诗）

谢　谢



## 七女湖的红色曙光

中华儿女
都有一种红色崇拜
红色是血脉
红色是忠诚
红色是吉祥
红色是革命的动力

一百多年前
在那个黑暗的时代
多少志士仁人
为了追求光明
不断地探索
勇敢地变革

北回归线的南方
亚热带生机勃勃
革命先行者孙中山

开始了革命救国的伟大尝试
先后领导了十次反清起义
初期的两次就在惠州

1907 年的夏天
七仙女下凡的胜境
迎来了一道红色的曙光
犹如一把利剑刺破黑暗
孙中山派邓子瑜等人来汝湖
发起了“七女湖武装起义”

截获清军防营枪械
击毙巡勇及水师哨弁
打响了向封建统治宣战的枪声
攻泰美、克杨村、夺柏塘
二百多人队伍终因悬殊而散
却如一道闪电划出了时空的强光

纵观历史风云
七女湖定格在走向光明的前夜
成为辛亥革命策源地之一
在中国旧民主主义革命历史上
民族觉醒的曙光熠熠生辉
点燃了振兴中华的希望意义深远

如今的汝湖人民
同样具有强烈的红色信仰
起义旧址那棵五百多年的伯公榕

大树参天枝繁叶茂
在奋斗“两个一百年”伟大目标的路上
赓续红色血脉忘不了那红色曙光

## 东江畔的银色印记

广东大湾区东部
一条母亲河叫东江
东江中段汝湖镇
江水清澈银波荡漾
由北而下折向东
急转西去直奔南方
沿岸三十八公里
绿道美景廿五公里长
宛若一条挂在胸前的
镶满翡翠的银白项链锃亮
腹地的人工水库湖泊
犹如白色的珍珠闪着银光
白鹭湖体育休闲小镇
文旅生态公园打卡好地方
北部大岭头天然沙滩
云彩深处渚清沙白鸟天堂
青山环抱的庙滩水库
深闺不识金银不换待梳妆
汝湖之水来自天上银河
一碗仍图汤粉银色记忆香
汝湖渔歌注满东江风情

非物质文化遗产千年传唱
一方水土养一方人
汝湖的水资源富甲一方

## 客家人的绿色希望

惠州中心城北郊汝湖
客家人世代的聚居地
一百五十平方公里土地肥沃
农业仍是镇里的特色产业
工业化的那条黑龙
为何到这里拐了个大弯
因为汝湖人坚守着绿水青山
抱定一个蓝天下的绿色希望
创建国家级的
万亩甜玉米高产示范基地
畜禽标准化的养殖基地
深港惠蔬菜供应基地
引进农业科技
推广先进农机
培育优良种源
全域无害生产
实现种养殖一体化
实现“一村一品“长远规划
实现村企合作一条新路
实现农耕观光农品展销农业文明
笔蘸天底下的深绿秀色

绘成振兴追梦的伟大蓝图
这就是绿满乡村生机盎然的汝湖

## 高飞鸽的金色前程

如果中国空间站飞越惠州
一定会发现一只鸽子同行
汝湖就是那只高飞的鸽子
飞向深空飞向金色的前程
东部村落昂首迎朝阳
南北双翅大展似鲲鹏
一飞冲天扶摇上
古循州大地又一颗新星

一条广惠高速横贯全镇
惠大高速打开出海南大门
东临机场西邻高铁
立体式交通助力鸽子飞腾

“十四五”规划谋新篇
一座座金山一幅幅美景
承接大湾区经济全辐射
产业兴旺生态宜居社会文明

滔滔的东江水日夜向前奔
党建引领全面推进乡村振兴
汝湖加快实现农业农村现代化
习近平总书记指明了金色前程

# 盈佳合作社的甜玉米不孤单（外一首）

江　雨

一根玉米棒就是一栋楼
住着那么多玉米粒兄弟
一万亩田地不知坐落着多少栋玉米楼
不知住着多少个玉米大家庭
在汝湖镇农作物里，甜玉米是名门望族
在盈佳甜玉米专业合作社，甜玉米更是名门“旺”族
在这里，甜玉米不孤单

领养它们的农户也不孤单
盈佳甜玉米专业合作社像玉米棒一样
将汝湖镇近三千户农户紧紧抱在一起
连成一双共同富裕之手
将甜玉米捧在手心上养
饿了，合作社有人来喂肥料
病了，合作社有人来对症下药
长大了要出去发展，合作社派车来接
所有的甜玉米都沐浴着阳光雨露快乐成长

成年后的甜玉米被一车一车

接到合作社加工厂深造
甜玉米们手拉着手、肩并着肩
乘坐运输皮带进入鲜玉米剥皮机
与迎接它们的村民工人一样
笑得露出洁白的牙齿
在这里，它们学习如何开发自己的潜能
学习如何做出更多的新产品
学习怎么奉献

在这里，甜玉米不孤单
不孤单，心才甜





## 沙洲尾村东江老渡口

此刻，那艘旧船蹲在河滩上
看东江的水珠们熙熙攘攘从眼前走过
老渡口繁华多年的人声鼎沸
也跟随流水一去不复返
载过去载过来的孩子哭叫声、担架上呻吟声、单车叮铃声、猪叫鸡鸣声……
统统跌入时光的漩涡
村民们去对岸横沥圩镇赶集、看病或中转去远方
抑或从对岸回村庄
都选择了上游新架的桥

像蹲在村口墙根晒太阳的老人
此刻正在晒太阳的渡船
默认了时光在皱褶里流逝
默许了岁月在沧海桑田中变迁
认领了清闲与安详

而此刻的老渡口
像沙洲尾村新村庄里一座空置下来的老屋
人去，回忆却一直不荒芜

# 烟囱可能会消逝，但糖蜜会源远流长

木子红

低洼之地也有高塔
汝湖的亚麻色乌青色烟灰色
棕褐色，焦糖色，都是她

那是糖蜜谷的四角烟囱

我选择在离地十五米的高空
沉默的旧烟囱顶端
指认汝湖，指认我的家乡

烟囱将青烟嫁给了天幕
他们在汝湖生儿育女
看，糖蜜到处流淌

削皮去杂的手艺人，把背影留在烟囱旁
牛拉石磨压榨
过滤澄清

一道道制糖工序

由烟囱这高高的喉舌告诉我
“想要升华为糖蜜
须忍受九锅连环的熬制”

渡口的旋律随着水面起伏
有人在黄昏弹奏手风琴
一群田螺也从泥巴里探出了头

直挺的烟囱代替我竖起的感官
一杯加了糖蜜的奶茶
也会升起白色的烟雾

搅拌的汤匙想知道
糖蜜为什么如此浓稠
以至于将那些支离破碎粘在了一起

谁在水边的糖蜜谷低语
“烟囱可能会消逝
但糖蜜会源远流长”

# 汝湖行（组诗）

廖大秋

## 汝　湖

沿一条东江风光带前行
就能找到你
一只腾飞的鸽子模样

在鹅城身边，你
坚守着一份宁静
温柔的东江
优雅转身，荡起清澈的浪

整洁干净的街道
一脸微笑的乡邻
绿油油的菜地里
一群诗人追着菜花香

汝湖不是湖哟，有文章
我感受到了镇政府楼里
围着“乡村振兴，文化汝湖”

一群人，眼里闪着光

## 七女湖

向你致敬——七女湖
一进门，都是跪拜的目光

一个美丽的名词
把汝湖写进了辛亥革命的序章

一群血性的汉子
将历史补写了英勇的一段

向你致敬——
七女湖，将一个民族滋养

几百年的大榕树，枝叶伸张
树下的伯公坛，香火正旺

振兴乡村，焕发荣光
你是名片，你是一道靓丽的景观

# 汝　湖

仲诗文

是一望无际的甜玉米叶子
在向我招手。是满园昂着头、清洌的火龙果
在提醒我。是树枝上饱满的青枣
在问候我。番石榴像一个青涩的孩子
突然来到了我这个外乡人面前

汝湖是雅致的，白鹭湖给了她一份儿灵秀与洁净
汝湖是沉稳的，仁英围给了她一份儿执着与厚重
汝湖也是活泼的，千花洲给了她一份儿色彩与斑斓
汝湖也是温柔的，勤劳朴实人们端起黄米酒，唱着曲儿
迎来了东江上从四面八方赶来的人

江面平缓，滋润着这片安宁的土地
我从外地来，我闻香而来，我听歌而来
今天风和日丽，与 1907 年某一天一样
我称之为永恒的一天
这一天，我也称之为无限富足的一天

# 在汝湖（外一首）

邢子溪

船夫唱着渔歌从远古驶来
古渡口被改革的春风洗礼

滚铁环的黄土路，已经铺上了水泥
单轮的铁环，变成了四轮的轿车

这里的田园连接着东江
这里的白鹭掌管着蓝天

一场春风，又吹绿了汝湖镇的水草
当年弄潮的人，逐渐苍老

# 东江畔

所有大江大河的源头，都是

暴躁的小溪流。如年少轻狂的青春期

从江西省寻乌县桠髻钵山奔腾而来，注入
珠江的东江，在汝湖镇慢了下来
拐了一个弯，如沉稳平静的中年

静水下的深流，使劲地把波澜按在水底
一同按下的还有两岸边，垂钓者的弯钩

纳百川，润万物，越到下游越迟缓。如
慈祥的长者，以几乎静止的速度
淌入黄昏

# 汝湖印象

秀　泉

一条鹅卵石铺成的花街
一座百年民居
一棵百年老榕树
就是汝湖的历史印记

七女湖起义旧址的琉璃飞檐
杨坤如将军祖居的坚厚雕楼
穿镇而过的滔滔东江
无不昭示一方水土一方人的
血性和辉煌

不说人杰地灵、物产丰富
不说湖汊纵横、鸥鹭群飞
不说道路宽广、工厂林立
不说现代化的农业产业园、瓜果飘香

新的时代
这生生不息的新老客家人

用他们的勤劳和智慧
自信地描绘一幅山水田园
美丽乡村的画卷

# 嫩爷爷

茗　芝

汝湖
源茵生态园
长胡子的山羊走过来
我妈喊
树宝树宝
山羊爷爷来了
羊的主人
抛过来一句
这只羊
去年生的

# 在汝湖（外三首）

游天杰

在木栅栏和树丛之中
在布满字迹的书页上
雏菊和百合，你脚上的汗味儿

透过草茎我看到了
脆弱易碎的春天
风撕扯你连衣裙的袖口

我们邂逅，开满紫荆花
雨水从四面挤压而来
鸟鸣和花香，有了新的秩序

在我深处，所有音乐
就是一抹沉甸甸的光
在冷酷世界的尽头

# 随 想

踏着清芬的浅草漫步
草叶、野花和一股泉流
这六月中旬轻柔的日子
艳阳把草地晒得暖洋洋
淡蓝色的微风和山茶树

我枕着双手躺在树荫下
沐浴着蜜绿色的阳光
采撷淡淡的光色与芳馨
坠入初夏不可言喻的美
一切是这样的想入非非

野蜂从我头上嗡嗡而过
有时，飞过一只只蝴蝶
画眉在篱边浪漫地歌唱
当感觉某一瞬间成为永恒
我走向金色灿烂的路径

# 回　首

站在曾经恋爱过的地方
随风而来，黄昏或月亮的
花香，在浮动中流逝
唯有你充满我的空虚

这个时刻，灯火不眠
书籍在窃窃私语
一千朵玉兰打开秘密的缝隙
燃烧着，流向你的眼眸
没有任何空白被我读懂

昔日的爱情已无可挽回
当灵感与激情枯竭的时候
我回忆一去不复返的快乐时光
你啊，像一匹燃烧的角马
驰入我黑暗、轻盈的身体

# 抑扬格律走后我遇见了你

啊！雨后的香州城扑扑跳动
下了这么多雨她觉得快乐吗

鸟或云朵，在玻璃上飞翔
纤纤柳条带着迟缓的声音

花枝中间，冒出点点芽铃
逝去的风和春光里的蝴蝶

她行走时像株墨绿的荷
没有伞，我忘记了雨

街道像粗大的根伸过她的身体
时间停在丝绸般的思绪里

# 仍图邦哥（外一首）

梁平霞

邦哥为女儿取了个美丽的名字
叫“诗敏”
然后把读完重本的女儿
召回了惠州
当了高空作业的电力女超人
大热天里像蜘蛛趴在高压电线上
一点都不“诗”“敏”

邦哥告诉我
2008 年汶川地震感慨良多从深圳回到仍图
十多年来为自己建了一个农场开了两家饭店
一家叫“幸福院子”
一家叫“美满家庭”
一家在村埠上
一家在农场中

邦哥做的玉米肉丸 Q 弹鲜嫩
邦哥做的玉米蒸鸡顺滑润甜
邦哥做的玉米饼外观无奇

吃起来却软糯醇香
邦哥给高空的诗敏点了一份超级外卖
一早起来洗切蒸煮亲自料理一分一秒掐得恰到好处
烹饪谈笑间照应了外卖小哥的早餐让外卖小哥准点上路

邦哥在三十斤重的超级外卖里
还夹了一封比外卖更沉实的信
让“哇哇”幸福着的诗敏瞬间泪奔
所以诗敏回到惠州没有哀怨没有遗憾
走到哪里便将爱意带到哪里将银铃般的笑声带到哪里
当我在饭店柜台要玉米美食图时
诗敏清脆地叫着“阿爸，阿爸，找我阿爸”

那个叫“阿爸”的邦哥从厨房
到了诗敏面前
我说诗敏是大学在读在家度假的学生
诗敏的欢笑声一路畅亮一点也不否认我的说法
接过爸爸的手机亮出爸爸的微信
让我扫描
嘱咐我等爸爸通过给我发图片

邦哥的儿子马上就要去读重本
邦哥说他有三个孩子
我还没确认诗敏是不是老大
诗敏的妈妈剪着短发话语不多
在诗敏的活泼与爸爸的开朗之间
盛满了妈妈和弟弟的安静与温厚
他们负责在柜台里欣赏来客安静享受幸福

邦哥所在的南新村丛桂堂 17 号举行了第十六届奖学金颁奖会
邦哥发了视频和照片给我，还发了儿子的录取通知书给我
邦哥为此写了一首诗，我建议要押韵他又改了一遍发我
邦哥的儿子考上的是海洋大学，邦哥的助学诗如下：

耕书望榜

春耘秋耕默无声，夏草冬虫卧虎龙。
寅宾出日照寒舍，逐本登科驭海行。

邦哥还给我发了一幅他作诗的字
又给我发了他吟的一首现代诗
他说要感谢党感谢政府的好政策
要传承革命前辈的优良传统艰苦奋斗振兴家乡
他又嘱我帮他把诗改顺，帮他找一个会谱曲的音乐人
他要将歌曲传唱将汝湖精神唱给所有的人听
我说我尽力，改诗我能行，找音乐人我得试试会不会成功
邦哥的现代诗如下：

汝湖瀛图

情动如湖，
汝湖吾江湖。
七仙下凡追幸福，
革命精神师传徒。

心系瀛图，

政策百姓服。
营商耕读文明族，
汝湖仍图手连足。

党扶吾途，
惠民果实熟。
国倡振兴高远途，
吾辈共绣中华福。

有懂谱曲的朋友请一定帮我完成邦哥的心愿
然后我们再一起去邦哥的“幸福院子”
一起吃邦哥的汝味美食
一起看看邦哥在朋友圈发的夕阳美景
看看邦哥的书法，听听邦哥的随口吟诗
对了
我还要确认邦哥的大孩子是谁在干吗





## 幸福汝湖行（组诗）

### 七女湖

一条龙盘旋上空
终于寻到七个妹妹
追求美好生活的地方

一泊水明净回想
一百一十五年前的激烈
已于水底安稳沉静
英烈的气息正一点点升腾激荡
每个后辈上进的心

## 上围村

神龙选择降临上围村
化身草芥潜河底
罩住灾难守住妹妹的幸福生活
幸福的广场幸福静默
幸福的实践站幸福等候
幸福的小河水翻涌跳跃
小鹅欢吟着扑腾
请龙哥哥测问自己两可的前程

## 围仔村

稻田油绿一丘又一丘
在围仔村筑梦成长城
立碑刻写成诗文
路灯在围仔村站立成树林
泥路变坦程
七彩桥上走出曲折缤纷
玻璃屋里体悟通透人生

每个人的理想蓝图在这里被唤醒

## 仁英围

围里春秋围外细草
细草依偎着版筑的高墙
高墙上黑洞森森
是父辈们构筑伟岸抽除软弱的印证
围里楼门已渐空
唯有青草蓬勃旺盛
快意坚守
永不荒凉的来路





## 南新村

南新村的娃娃志气昂
父老的叮嘱细思量
刻苦努力考重本
华电复旦和中科
学如破竹功作刃
竹破势强节节高
学成不挑工作场
上天来把电缆检

（有感于南新村学子林诗敏，华北电力大学毕业回惠，快乐承担高空电缆检修工作）

# 横山头村

青枣种上横山头
十几年的努力硕果丰
雪珍的青枣满惠城
玉米栽种山头下
玉米厂的机器连轴转
甜酱汩汩送四方
玉米快乐捋髭须
党引领大家勤恳努力幸福节节高

# 汝湖凝思录

刘新华





绿色的火焰燃烧
凝固成瓜果的清香与绿水环绕
汝湖，从露珠的梦中清醒
色彩斑斓、生机无限

彩虹桥，积攒星星的脚印
搭载野百合的梦想
把谦卑、青春、奋斗及一些
发光的词汇播在稻田的胸口

用主观意象与客观意象
塑造，一个图景的生命潜流
喷涌而出的物像，此时变得明朗
透过，银河系的一部分
我看到心与万物的距离

仁英围的野花与荒草
正在打破彼此划分的设限
还有一些被掩埋于大地

看似无形或混沌的事物跳出瓦砾
构建蓝天的主观臆想

七驳桥的桥墩还原月光的记忆
被时间腐朽的桥身，再次
通过客观意象拉回我们的视野
底层逻辑却告诉河流——最终的答案
逝去的终将逝去，未来的还未到来

此时，糖蜜谷的烟囱，匍匐田畦的蜗牛
头顶星空的孩子、老人……还有漂泊异乡的游子
他们所能掌控的自由、意志、明德
留下的每一个印记，在汝湖都作数

# 草龙舞动力量（外二首）

潘新艳

每一棵稻穗
都承载着汝湖人民的希望
收割幸福之后
稻草变废为宝
草龙舞动的精神
指引前进的方向
每一次跳跃
都能看到生活的阳光
每一次舞动
都是百姓团结的力量

## 彩虹桥

仙女湖蕴藏着汝湖的梦
踏上彩虹桥

就能看到诗意的种子在田间发芽，成长
水车转动的地方
一定是鱼群的天堂

湖水默默地拥抱着蓝天
蓝天拥抱着汝湖
像孩子一样
编织着七彩的梦
而这里
就是梦开始的地方

## 甜玉米

每一个玉米
都包裹着甜蜜的琼浆
沐浴着乡村振兴的阳光
走向厂房的玉米
堆得像金山一样

勤劳的汝湖人
抚摸着珍珠般的玉米粒
空气中弥漫着甜香
微笑 渐渐浮在脸庞

# 汝湖之歌

邱宇林





## 一

曾经炮火洗礼
曾经仙女眷顾
这里沃野千里，波光流转
火热的汝湖儿女
酣畅淋漓，大开大阖
那些故事飞入了笔端
落在纸上便成了传奇

风卷走了残云
翻开了往昔
陈氏大宅的院落里、屋檐上
穿越时空的琅琅书声潜入了砖墙石缝
无比静谧
而身后，万马齐喑
滚滚而来的时代潮流
携着荣光而来

二

九厅十八井
方形围屋
客家人的天圆地方
陈氏、汪氏、林氏……
从中原辗转而来
又从这里走出去
留下了青石红瓦的书室
门联依旧滚烫的祠堂
还有年久厚重的门楼
…………

三

飞龙在天
哪怕只是一条稻草扎的龙
我也要腾飞
着祥云黄金衣
于灯火中闪耀
以胜利者的姿态
我们就是英雄！

# 一条婀娜多姿的金飘带

惠风宜人

这里。三十八公里的东江水
白云下，流淌出一条浅蓝的曲线
阳光中，一条婀娜多姿的金飘带
宛如飘逸的一串串音符
碧波荡漾，一网鱼来，一网虾
是那百岁老人记忆中的
渔舟唱晚

这里。一百五十七平方公里的乡土
大良山脉，是祖先们挺直的脊梁
万亩田畴，沉甸甸的稻穗、高耸的玉米
乡村戏台，总有说不完的老人新事
仙女下凡，裙落汝湖，只是个美丽的传说
我们追赶春天的脚步，找回失落的爱情
耕云种月，生儿育女

这里。国民觉醒的摇篮
一百一十五年前，一声声呐喊
古庙前，大榕树下，人声鼎沸

老渡口，人来人往，行色匆匆
木棉花儿，也朵朵绽放
铿锵岁月里，枝头的殷红辉映着
义士们，高过头颅地挥手

上围、围仔、南新、横山头
导航图上的一个个小圆点
在手机屏幕上不停地闪烁
糖厂遗址，大灶头，修旧如旧
印证了先辈们的甜蜜事业
脚踩小瓦片、砖块、鹅卵石
我们漫步巷尾村头

# 围仔村纪事（组诗）

余　榛





## 我在稻香集市等你

像往常一样
在你的空篮子里
放上一两片新鲜的白云
走进约 500 平方米面积的稻香集市

番薯与花生已慢慢退市
热爱生活的人们
在黄色的棚顶，铺上满满的烟火气息
天空或者已经洒播稻香

汝湖的围仔村，顺着风
每喊一声，稻谷便会在黄昏时答应
倒叙的炊烟，像一根葱绿的秸秆
时间都结在了各自的稻穗上

我在稻香集市等你
带上你的锈迹斑驳的手秤

带上最纯的梨子
重复这古老的交换方式

我要等到柿子树上结满秋霜
鸟雀步出窗外
你平静的脸颊开出，高贵的笑容
我才赶着夕阳慢慢回家

## 围仔村纪事

沿着整洁的柏油路进入
汝湖镇围仔村

田里的稻子竖起耳朵
在倾听
新时代的声音
我打听到，这里种植的是南晶香占
听起来就那么美丽的名字

田沟里爬行的田螺先生
或者田螺姑娘
它们缓慢的模样像是扮演
没有台词的角色
它们抬头看见水田
低头看见蓝天

还有几瓣纯白的云朵

安静地在天空移动
风的手里好像捻着几根五彩的丝线
不一会就把它们牵向右边的
彩虹桥上

话语不多的彩虹桥，它只是
被阳光晾在那儿
流年似水，不见往返
它的身形，始终保持曲折有致
而又恰如其分



## 三月三的会节



三月三，我们看见青草在风中走动
群山在水塘里走动
一群披着阳光的孩子
在围仔村走动

绕水塘而建的围仔村
早在三百年前
就把三月三作为“会客的日子”
每年的会节，一缕炊烟
总能牵出，一把欢声笑语

亲朋好友从明代开始就蜂拥而来
与满口“学佬话”的村民
围坐家中

谈古论今

三月三时有微风吹过
三月三的天空在聆听月亮的表白
先人的鞋声
便是源头活水

带上不知道疲倦的时光
一路凯歌
流进东江河

## 家有四小园

推开窗，果蔬的清香
已经迫不及待地挤了进来
园子不大，在我的心里
藏有半亩地
用来种植美好

就像黄色的小丝瓜花
璀璨的笑容上
沾满圆滚滚的露珠
一天清晨，躬身自家的小菜园
采摘几串龙眼
再摘几根豆角
蝴蝶和果蝇总是在身边缠绕

老父亲搬张竹椅坐在门前
看看花朵，看看瓜果
晒晒汝湖的阳光
听听东江河水的欢唱
看着小孙子、小孙女在
小菜园、小果园、小花园、小公园
嬉闹

青砖矮墙关不住拥挤的幸福
紫色的茄苞包不住
云淡风轻
微风一缕缕在竹叶间散步
老父亲静静地在
阳光下打盹





## 古村落

时光，抬起眼傲视人世间的一切
一双冷冽的眼与历史对抗
他静观其变

古村落的泥巴墙成群
蓝雪花也成群
烈日下放纵地绽放

蓝雪花陪同古村落
没有空虚和惆怅

他们与春花相聚
与秋月同饮

带着无数人的秘密进行
历史的堆积
这不朽的故事

如今的荒凉掩盖不住
天边的万丈霞光
似乎想代替，曾经的灯火摇曳

# 古体诗二首

张　隽





## 汝湖之秀

神州多瑞色，
鹅岭绝一轮。
粼粼波光滟，
西子秀尔魂。
城东十余里，
浑然汝湖身。
盈盈七仙女，
不返恋红尘。
幻化湖七座，
卓然见精神。
慨叹有丁未，
义举主义真。
旧址今尚在，
犹闻剑戟声。

# 丁未起义

义举丁未志难酬，
萧萧鼙鼓弄奇谋。
百十五年寻旧岁，
千三弟子荡渔舟。
饿奴挥戟旌旗舞，
赤子高歌汝湖楼。
陈纯林旺与孙稳，
长矛铁耙兼锄头。
号令飞飙声震响，
一马当先在汕头。
孤师无援粮械尽，
分兵突围意未休。
临风徒叹风吹树，
风入江天望远舟。
此湖此景此故事，
斯人斯路斯锦绣。

# 七彩围仔村

赵金英





相信风来的方向
来自围仔村
七女湖的美
在风来的时候更加显明
彩虹的颜色有七种
赤橙黄绿青蓝紫
围绕着围仔村的
乡愁和美梦

阳光温和而热烈
白云蒸腾如临仙境
七彩虹桥笼罩着
风车的圆轮
美丽而多情

最美乡村道两边
林荫匝地蝉鸣声声
几个玻璃球圆形拱顶
与七彩虹桥

遥相呼应

四周围稻田碧绿
田埂旁有红花摇曳
农民伯伯头戴草帽
在田间辛勤劳动
远处的翠竹
隐隐听见哗哗的流水声

田园风光承载着
新时代的乡村文旅
飘逸的青风
空气中的青草鲜味
令人心旷神怡
围仔村人民的生活
丰富多彩
与七彩虹桥一样
焕发新生

# 鹤冲天·白鹭湖拾景（外一首）

赵淑伟





初冬恰好，风懒流波悻。闲了岸边柳，依莹镜。楚天飞白鹭，悠悠翼、翩翩影，邀得千云乘。这亭这榭，幽素却将谁等？

离愁总是乡愁赠，轻抚筝曲默，君来应？忆取从前事，堪比那、湖中景。枉负荆花盛，自由香去，几瓣卷中娴静。

# 稻上书

于稻谷而言
金黄不是它的全部
于汝湖而言，我只是
她发梢擦过的一缕蓝
我把自己置于
汝湖围仔村的稻田
开启一段尚未剪辑的对白

古渡口像一位沉默的老者
静坐在被一百年江水浸泡过的船上
守着这片葳蕤的稻田
守着穿过七彩桥便能抵达的
稻田集市和稻田餐厅

稻汁、稻果、稻肉
以及与稻有关的脚本
演绎出一场以稻为媒的浪漫
三味秋风拂面
一抹稻香入怀
吟着刚打好底稿的新诗
撩起了一弯新月的面纱
无法确定谁是今晚的主体
谁是未经彩排的客体

为了把这一刻记录下来
我搜遍了所有典籍
却找不到衬得上这意象的关键词
于是
我散落在夜色里的心事
像杂草一样参差不齐
青黄不接

# 行走汝湖，找寻一幅乡村振兴美丽画卷（组诗）

罗惠鹏

## 循历史之水绘就画卷

与其说是神秘传说牵引丝缕入扣的心尖目光
倒不如说是历史之水滋润我追寻渴念难耐的心田
身披夏日暖阳，我在汝湖行走
画卷中，我是一粒活跃向前滚动的沙子
检阅每一寸光照，亲吻每一滴叶子水之印痕
我用细碎脚步丈量这土地
红绿相间我仍神采奕奕的眸光里，红色土壤中
栽种片片青绿，唱响一曲金山银山与绿水青山
的时代赞歌。“七女湖”是你诞生后的曾用名
如今与时俱进步伐敲响的印迹里有你
浓重的一笔。画卷气息
萦萦绕绕。天空晴朗
一只雄鹰冲天而鸣

## 甜在心中

我是一根生长在“糖蜜谷”里的玉米
拔穗阵痛是努力向往必由之路
茁壮成长是我追随阳光的座右铭
假如生活不曾欺骗你，请让我表白一次
只要在万亩田地中呼喊：甜蜜果
我会应诺陪伴左右

生活需要你，躯体需要你
美好需要你，正如
你需要我。只要是甜在心中
我便是你骨髓里不可分离的
融入亲爱的你日子里的所有

## 你的素颜让我目瞪口呆

你的素颜让我目瞪口呆，彼地鹭鸟翔集
天空辽远。呼吸如时间一样悠然
我倒是想像一只候鸟，选择此岸
衔来一枚枚橄榄枝，擦白云彩洗亮蓝天

我轻迈中年方步，气定神闲
不停地伸出粗粝双手拥抱可餐秀色
羞涩装饰依偎身旁她的容颜
将惊喜扔得一路掷地有声

我又是多么想蹲下稍显肥硕的身子
亲近你的桃源，亲探水的发祥地
掬一捧湖中水喂养你樱桃小嘴
擦拭一双欲言又止的眼睛

白鹭湖，我谜一般神魂颠倒
你是所有人的喜欢我的爱
鹭鸟飞来又飞走，像天使一样
从天而降